AF210808

Hermann R. Heim

TLACHTLI

Erzählungen

Hergestellt durch Books on Demand GmbH
© 2002 by Rajko Heim
Umschlag und Layout: Rajko Heim

ISBN 3-8311-3854-0

Für Silvia, meine Muse

INHALT

DER WURM

The play is the tragedy „Man,"
And its hero the Conqueror Worm.

Edgar Allan Poe – „Conqueror Worm"

Nur mit einem Gefühl des Schauders kann ich mich heute an die tristen Mauern der psychiatrischen Anstalt in einem kleinen Vorort von London erinnern, in welche es mich in jenem Herbst des Jahres 1972 verschlug. Zunächst war ich froh, die Stelle eines Assistenzarztes in jener Einrichtung bekommen zu haben, doch schon nach wenigen Tagen der Arbeit wich diese Freude über den Schritt in eine gesicherte Zukunft der grauen Melancholie, die den Ort wie ein dichter Nebelschleier gefangen hielt, wich dem Grauen vor dem unerklärbaren Leiden seiner Insassen, vor den Gestalten, die in ihrem Wahnsinn den Bewohnern fremder Welten glichen, deren Leben, Gefühle und Seelen mit keinem uns, den Normalen, gegebenen Maßstab zu messen waren. Wie eitel war doch alles, was mir während meines Studiums an Wissen vermittelt wurde, angesichts dieser armen Kreaturen, deren Zustand nicht zu lindern war, weil keine Theorie, kein Dogma der psychologischen Forschung, ersonnen in den Windungen normalfunktionierender Gehirne, einen blassen Schimmer davon vermittelte, wie es in ihren Köpfen aussehen mochte.

Die Anstalt war kein Ort der Heilung, sondern ein Endlager für den Ausschuß menschlicher Entwicklung, ungeratener Konzepte, ein Gefängnis, in dem die Patienten nur deswegen eingesperrt waren, weil keiner der Außenweltler in der Lage war, ihren Zustand zu verstehen und ihnen ihren Platz in der Welt zuzuweisen.

Manchmal, in Stunden trübsinniger Gedanken, fragte ich mich tatsächlich, ob die Grenze zwischen Wahnsinn und Normalität, die wir, die Normalen, gezogen hatten, auch richtig gesetzt worden war. Woher nehmen wir die Gewißheit, daß die Welt wirklich so ist, wie wir sie sehen? Weil wir in der Mehrheit sind, weil daß, was mehr Menschen sehen, wahr sein muß im Gegensatz zu dem, was wenige sehen? Ich bin mir inzwischen sicher, wenn Idiotie das evolutionäre Konzept der menschlichen Rasse wäre, wenn unser Planet von jenen geistigen Krüppeln besiedelt wäre, die wir in diesen Mauern beherbergen, auch dann würde die Welt funktionieren, sie würde nur anderen Gesetzen gehorchen, den Gesetzen dessen, was wir als Wahnsinn bezeichnen. Ich habe von Leuten gehört, welche die Stimmen der Toten zu vernehmen in der Lage sind. Andere sehen die Geister Verstorbener herumspuken. Einbildung? Oder haben diese Menschen Fähigkeiten, die uns fehlen, sind sie vielleicht die wahren Höhepunkte der menschlichen Schöpfung und wir die geistig verkrüppelten? Ist der verrückt, der sich von weißen Mäusen umgeben sieht, oder wir, die große Masse, welche nicht in der Lage ist, jene Mäuse zu erblicken, weil sie vielleicht aus einem Stoff erschaffen sind, den wir nicht sehen, fühlen oder messen können?

Die massigen, aus dunkelrotem Backstein aufgeführten Gebäude der Anstalt mit ihren vergitterten Fenstern und den wie Tresore gesicherten Türen machten einen bedrohlichen Eindruck, besonders an den trüben Herbst- und Wintertagen, wenn in dem von einer hohen, eisenspitzenbewehrten Mauer umgebenen Garten die Bäume ihre finsteren Schatten warfen und unruhig ächzend, fast stöhnend, im Winde rauschten. Aus den Zellen und Zimmern drangen manchmal Schreie, manchmal grelles Lachen, Stöhnen, Grunzen, Schmatzen, aber auch menschliche Worte, manchmal wirr, manchmal aber auch mit einem für uns verständlichen Sinn. In einem solchen Irrenhause ertappt man sich des öfteren bei dem Gedanken, den Patienten ihren Status als Menschen abzusprechen, weil sie zuviel von dem offenbaren, was wir für tierhaft halten. Und ich betreute die Stationen mit den schweren Fällen, jenen, zu denen Kontakt herzustellen beinahe unmöglich war, weil man zwei verschiedene Sprachen sprach, zwei verschiedene Wege des Denkens einschlug.

Doch nichts, was ich in diesen Abteilungen der unheilbar

Kranken, der lebenslänglich Eingesperrten erlebt habe, beeindruckte mich so sehr wie die Erlebnisse, die ich hier niederschreiben möchte. Stanley Field hieß jener Mann, der mir am eindringlichsten und unheimlichsten im Gedächtnis geblieben ist, ein Mann, dem man keineswegs ansah, daß er ein Verrückter war, der nicht krank genug war für die Isolierstation; und eigentlich hatte ich mit seinem Fall überhaupt nichts zu schaffen. Und doch hielt ich mich gerne in seinem Zimmer auf, welches er für sich allein bewohnte, ein Zimmer mit der üblichen spartanischen Einrichtung, die er in keinster Weise durch seine persönliche Note, durch eigene Einrichtungsgegenstände aufzulockern versuchte. Merkwürdig genügsam war dieser ehemalige Bankangestellte, scheinbar bedingungslos mit allem zufrieden, hatte er nie eine Klage, nie einen Tadel auf den Lippen. Und nie beteuerte er, im Gegensatz zu den meisten der anderen Patienten, die wenigstens noch halbwegs bei Verstand waren, seine geistige Gesundheit. Es war, als hätte er sich vom ersten Tage an dem Urteil der Ärzte gebeugt, die über ihn den Bannspruch des Wahnsinns verhängten. Seine äußere Erscheinung war unauffällig, er war Mitte vierzig, knochig und hager, hatte ein Gesicht, von dem es kaum markantes im Gedächtnis wiederzufinden gelang, ein Gesicht, daß man sah und wieder vergaß. Wenn nicht seine Augen gewesen wären. Diese Augen waren das merkwürdigste an ihm, sie paßten nicht zu diesem Mann, denn es waren keine normalen Augen, auch hatten sie nicht jenen charakteristischen weltfremden Ausdruck, der uns so oft bei Wahnsinnigen begegnet. Sie hatten überhaupt keinen bekannten Ausdruck, sie waren einmalig. Sah man ihn an, so glaubte man in seinen Augen Tore zu erblicken, durch welche man die Welt in völlig neuer Weise sah, sie schienen Öffnungen zu sein, Schwarze Löcher, die nicht in seinen Kopf, nein, in ein völlig unbekanntes Universum sehen ließen. Ich weiß, es klingt konfus und unwahrscheinlich, und ich kann mit meinen Worten kaum beschreiben, welche Wirkung die Betrachtung seiner Augen bei mir auslöste - vielleicht hätte ich dafür die Sprache der Verrückten sprechen müssen. Und ich sah auch nichts gegenständliches in seinen Augen, es war nur so ein Gefühl, daß da etwas sein müsse, etwas fremdes, unbekanntes; sie waren wie Brunnen, unauslotbar tief. Und er sah scharf mit ihnen, nichts konnte ihm entgehen, kein noch so kleines Detail, keine noch so schnelle, versteckte Bewegung, und doch - sah er mich an, dann hatte ich stets das Gefühl, er würde durch mich hindurchsehen, in irgendwelche Weiten, die hinter mir, hinter den Mauern dieser Anstalt, hinter dem Rande dieser Welt lagen. Trotzdem entging ihm nichts, kein Zucken des Augenlides, kein Beben der Nasenflügel. Er sah das leichte Blinzeln und das unbewußte Scharren mit der Fußspitze, wenn beides gleichzeitig erfolgte und obwohl sein Blick wer weiß wohin gerichtet war, als kenne er nicht den begrenzenden Sehwinkel, als wäre sein Blickfeld so groß wie der Raum, der ihn auf allen Seiten umgab.

Warum war er in unsere Anstalt eingeliefert worden? Er hatte ein normales Leben geführt, ich glaube in Leeds, hatte eine Frau und zwei Kinder und einen Job, den er mit größter Umsicht versah. Und dann war es über ihn hereingebrochen, urplötzlich, ohne ersichtlichen Grund. Er verließ seine Arbeitsstätte, ließ die Familie allein und floh, floh kreuz und quer durch England, bald heruntergekommen und abgerissen, ein Bettler ohne einen Penny in der Tasche. Er floh vor einer imaginären Gefahr, der er sich hoffnungslos unterlegen glaubte, einer Gefahr, die überall um ihn herum lauern konnte, vor der er lauthals warnte, und deretwegen er schließlich bei uns landete. Paranoia, latente Depressivität, selbstmordgefährdet. Hoffnungslos.

Der einzige Wunsch, den er jemals geäußert hatte, bevor jene unsichtbare Gefahr ihn auch in den Mauern der Anstalt einholte, war sonderbar.

„Bringt mich doch in ein Sanatorium auf die Südhalbkugel der Erde." sprach er ernst und trocken, nicht flehend, nicht bittend, sondern im Ton der stärkeren Argumente. „Dort ist ER noch nicht, dort wird ER mich nicht finden. Dort habe ich Zeit, mich gegen IHN zu wappnen!"

Ich muß ein Weilchen innehalten. Zu tief prägte sich mir der Gang der Ereignisse ein, zu bedrohlich empfand ich die Atmosphäre, die er mit seinen düsteren Visionen heraufbeschwor. Und, obgleich ihrer haarsträubenden Phantastik, doch so real.

„Er ist ein Wurm." hatte er erläutert. „Fragt mich nicht, woher ich weiß, daß er ein Wurm ist. Ich habe ihn nie gesehen, denn er ist unsichtbar. Niemand kann ihn sehen. Er muß riesig sein, denn ganze Welten verschwinden in seinem gierigen Schlund, und

8

dennoch kann man ihn nicht sehen. Ich kann also nicht erklären, warum ich weiß, daß er ein Wurm ist. Aber ich fühle seine Gegenwart, und ich fühle ihn, den Wurm. Nicht körperlich, denn berühren kann man ihn nicht, sondern ich fühle ihn in meinem Geiste."

„Er ist stark, stärker als alles, was auf unserer Welt existiert. Er sitzt auf unserer Erde und frißt. Denn sein Hunger ist unersättlich, er ist voller Gier, und je mehr er frißt, desto größer wird er, und desto mehr muß er fressen. Ich glaube bestimmt, daß er von Anbeginn der Welt an existiert hat, erst ganz klein, und er konnte nicht wachsen, weil er nur frißt, was vom Menschen stammt, und den Menschen selber. Aber nun, wo es so viele Menschen gibt und so viele ihrer Werke, kann er fressen, soviel er will, und es wird dennoch immer mehr, und er wird größer und größer."

„Natürlich ist es nicht so, daß alles verschwindet, was er frißt. Das hätte man bemerkt, denn es ist inzwischen eine gewaltige Menge. Und man merkt nicht, wenn man gefressen wird, niemand wehrt sich und schreit, man bekommt es einfach gar nicht mit. Er frißt auch nicht der Reihe nach. Hier frißt er ein Haus, dort einen Strommast, hier ein paar Menschen, dort ein paar Menschen. In Edinburgh frißt er das Rathaus, mit allen, die darin sind, in London eine vollbesetzte U-Bahn, in Dublin eine Kaserne. Aber es ist alles noch an seinem Platz, und auch die Menschen, sie leben weiter, doch nicht wie vorher. Sie sind anders, sie sind jetzt drin, in dem Wurm, auch wenn ihre Nachbarn vielleicht noch nicht drin sind, wenn des Nachbars Haus noch nicht von ihm gefressen ist - ein Haus ist schon drin in ihm, ein anderes noch nicht. Er geht einfach woandershin, denn er liebt die Abwechslung, aber kommt wieder, bis er alles verschlungen hat. Und alles verändert sich. Fragt mich nicht, wie das geht, ich weiß es nicht, aber es geht so. Meine Familie hat er gefressen. Sie lebt noch, sicher, aber es sind nicht mehr dieselben Menschen, die sie einst waren. Alles, was er frißt, wird böse. Nicht so, daß die Menschen plötzlich anfangen, Böses zu tun, nein, aber sie hören auf, Gutes zu tun. Die Häuser, die er frißt, stoßen das Gute ab, sie können nur noch Böses in sich dulden. Ein normaler Mensch kann ein solches Haus nicht mehr beziehen, es macht ihn krank. Die Menschen werden egoistisch und denken nur noch an sich. Sie sind wie Automaten, sie machen, was sie immer machen, aber sie sind nicht mit dem Verstand bei der Sache, sondern nur noch so, aus Gewohnheit. Sie denken nicht mehr. Sie wollen nichts mehr ändern. Sie kennen das Gute nicht mehr."

„Und ich bin der einzige Mensch auf dieser Welt, der einzige, der das voneinander unterscheiden kann, was der Wurm gefressen hat, von dem, was er noch nicht gefressen hat. Ich sehe, wie er es verschlingt, ich weiß, wo der Wurm gerade frißt, solange frißt, bis die ganze Welt in ihm drin ist und alle nur noch tun, was der Wurm will. Ich kann das sehen, und deshalb ist er hinter mir her, verfolgt mich, wohin ich auch gehe, denn ich bin der einzige, der die Menschen warnen kann. Deshalb wollte ich weit fort, denn er frißt nur langsam, kann nur langsam krauchen, und vielleicht gibt es ja einen Weg, ihn zu bremsen, zu vernichten."

„Aber bis jetzt hat mir noch niemand geglaubt. Alles um uns herum wird von ihm verschlungen, aber keiner merkt es, keiner glaubt mir. Vielleicht ist das der Untergang unserer Welt, und vielleicht kann ihn niemand aufhalten. Ich kann es nicht, dazu bin ich viel zu schwach. Mein einziger Wunsch ist es nur noch, daß er mich nicht kriegt. Ich will sterben, wie ich gelebt habe, aber kriegen soll er mich nicht."

Es war die wunderlichste Geschichte, die ich jemals gehört hatte. Und noch dazu aus dem Mund eines Mannes, den man nur schwer unter die Wahnsinnigen zählen konnte, da sonst alles an ihm normal schien. Nur diese unerklärliche Angst vor einem imaginären Etwas war anders an ihm, machte seine Geisteskrankheit aus. Nur der Glauben an diesen Wurm, der sich unaufhaltsam in unsere Zivilisation fressen sollte.

Ich hätte dem Fall des Stanley Field nicht allzuviel Bedeutung beigemessen, gab es doch viele ähnliche Fälle, die ich kannte, würde nicht das folgende passiert sein. Die nächsten drei Tage, die ich nun schildere, waren so dramatisch, daß mein Pulsschlag heute noch schneller geht, wenn ich daran denke. Ich sah, wie der Mann seinem größten Feinde gegenübertrat. Und obwohl ich ein rationell denkender Mensch bin - ich weiß nicht, ob dieser Kampf sich wirklich nur in seinem kranken Gehirn abspielte.

Als ich eines Tages nach ihm schaute, sah ich ihn auf seiner Pritsche sitzen und in die gegenüberliegende obere Zimmerecke starren. Sein Blick hatte etwas trauriges, resignierendes. Auch mein

Eintreten ließ ihn seine Haltung nicht ändern, er schaute nicht zu mir herüber, sondern unverwandt in jene Ecke.

„Er ist da." war das einzige, was er sagte. Es klang wie ein Seufzer, wie die Besiegelung eines unvermeidlichen Schicksals.

Am Abend bat er mich um ein Stück rote Kreide. Ich gab es ihm. Er, der sonst ein so eifriger Gesprächspartner war, meist ein recht lustiger dazu, sagte kaum noch etwas, wirkte niedergeschlagen und gedrückt.

Am nächsten Morgen, als ich wieder bei ihm vorbeischaute, hatte er einen roten Strich gezogen, quer über zwei Wände und an der Decke entlang, einrahmend die Zimmerecke, in die er immer besorgt hinaufschaute.

„Jetzt können sie es sehen, jetzt sehen sie, was er gefressen hat. Er kommt mich holen."

Nicht die Spur von Angst war in seiner Stimme, nicht die leiseste Erregung. Ich glaube heute, daß er sich unwahrscheinlich zusammengerissen hat, daß er uns nicht mit seinen Wünschen um Verlegung, um Glauben, nur um Verständnis bestürmt hat, weil er fürchtete, Beruhigungsmittel zu bekommen. Dann wäre er eine leichte Beute des Wurmes geworden, ohne Aussicht, gegen ihn ankämpfen zu können. Er sah seinem vermeintlichen Schicksal völlig gefaßt entgegen, und vielleicht glaubte er wirklich, den Kampf gewinnen zu können. Immerhin war er ein Auserwählter, so glaubte er zumindest, und jetzt mußte er Stärke beweisen. Die roten Striche bedeuteten uns, die es nicht sehen konnten, auch nicht glauben wollten, wie weit das Maul des Wurmes in unsere Anstalt vorgerückt war.

Bald zogen sie sich weiter durch das Zimmer. Stündlich kam ein neuer hinzu. Sie schoben sich über die ganze gegenüberliegende Wand, griffen auf den Fußboden über, rückten unaufhaltsam an der Decke entlang. Wenn er nicht akribisch seine Striche zog, lag Field auf seinem Bett, dort, wo er am weitesten vom geöffneten Rachen des Wurmes entfernt war.

Wir wußten nicht, was mit ihm machen. Der Direktor war nicht da, war für zwei Wochen zum Angeln in den Lake District gefahren, und sein Stellveteter bestimmte, den Mann gewähren zu lassen, da es weder für ihn noch für uns gefährlich schien. Alle warteten gespannt darauf, was passieren würde, wenn die roten Striche ihn selbst in der äußersten Ecke des Zimmers erreicht haben würden. Auch ich. Heute scheint es mir allerdings, daß dies ein ähnlich abartiges Vergnügen darstellte wie das der alten Römer, wenn sie zusahen, wie in ihren Arenen Christen von wilden Tieren zerfleischt wurden. Wir glaubten nicht an den Wurm, hofften sogar auf eine Heilung des Mannes, wenn er so hautnah, ohne die Möglichkeit zur Flucht, mit seinem Wahngebilde konfrontiert sei. Ihm mußte es vorkommen, als sähen wir genüßlich, erwartungsvoll zu, wie er von seinem Wurm verschlungen wurde.

Am Abend des zweiten Tages hatte er nur noch eine schmale Ecke des Bettes als freien Lebensraum für sich, in die er sich zusammenkauerte wie ein Neugeborenes im Mutterleib. Das ganze Zimmer war mit aufeinanderfolgenden roten Linien übersät. Und von ihm hörten wir keine Klage, keine Bitte. Doch sein Blick hatte jetzt etwas kämpferisches, es schien, als hätte er sich gewappnet für diesen letzten Kampf, ein letztes, entscheidendes Duell.

Am Morgen zog sich ein roter Kringel um seinen rechten Knöchel. Er saß da, das rechte Bein von sich gestreckt, mit der Kreide in der Hand, auf seine Gliedmaßen starrend. Wartend. Um endlich einen neuen Strich zu ziehen, ohne eine Regung des Gefühls zu zeigen. Nur seine Augen schienen bewegt, hatten einen brennenden Blick, fast neugierig, wie die eines Wissenschaftlers im Selbstexperiment.

Gegend Mittag hatten sich die Striche auf seinem Unterleib bis zum Nabel vorgeschoben. Seinen linken Arm zierten die Striche ebenfalls, bis zum Ellenbogen. Und im Laufe des Nachmittags wanderten sie weiter, unaufhaltsam, über seinen Brustkorb, seine Schultern bis zum Hals. Und wir nutzten jede Gelegenheit, in sein Zimmer zu schauen, den Fortgang der Ereignisse mit brennender Neugier. Er aber sah uns nicht mehr. Er hatte nur noch Augen für das Werk des Wurmes.

Am Abend alarmierte uns ein gellender Schrei. Wir stürzten aufgeregt in Fields Zimmer, mehrere Pfleger, ein paar Ärzte und ich. Field lag auf dem Bett, bewußtlos, die Kreide war seiner Hand entfallen. Ein letzter, roter Strich zog sich quer über seine Stirn. Sein Puls war kaum noch zu spüren, sein Herzschlag schwach, seine Atmung war flach. Wir brachten ihn schnellstens in ein Behandlungszimmer und mühten uns die ganze Nacht, seinem geschwächten Körper wieder Leben einzuhauchen. Er hatte gekämpft, und er hatte verloren.

Am Morgen erwachte er, matt und lethargisch. Erst allmählich erholte er sich, erstarkte und konnte wieder sprechen. Doch welche Überraschung wartete auf uns. Er war nicht der Mann, den ich kannte, nicht jener, der so viel über den unheimlichen Wurm zu berichten wußte. Er war - normal.

An den Wurm konnte er sich nicht mehr erinnern. Er hatte keine Ahnung, warum er hier war. Er hatte nicht die geringste Erinnerung daran, was geschehen war, seit er seine Familie verlassen hatte. Als wir ihm von seiner eigenen Geschichte erzählten, schüttelte er nur den Kopf. Bald redete er nur noch von Entlassung, zeigte sich desinteressiert an allem, worüber wir uns früher oft stundenlang unterhalten hatten, mäkelte am Essen und beschwerte sich über das Personal.

Aber das befremdlichste war die Veränderung, die mit seinen Augen vorgefallen war. Jener geradezu mystische, durchdringende Blick, seine unwahrscheinliche Sehkraft, die Schnelligkeit seines Gehirns - all dies war verschwunden. Er hatte plötzlich die normalsten Augen der Welt. In nichts unterschied er sich von seinen Zeitgenossen.

Nach einem Monat, den er noch bei uns weilte, mußten wir ihn als geheilt entlassen. Und mir ist nicht bekannt, daß ihn jemals wieder Halluzinationen heimgesucht hätten.

In den nächsten Wochen entließen wir noch acht weitere Patienten, die alle plötzlich gesundet waren, ohne daß irgendeine Koryphäe auf psychologischem Gebiet dies zu erklären wußte. In diesem Jahr ließen mehr Menschen die Mauern der Anstalt hinter sich, als je in den letzten fünfzig Jahren dieser ehrwürdigen Institution hatten entfliehen können, und nahmen ihre Plätze in der normalen Welt wieder ein. Keiner von ihnen hatte vormals, während sie noch als geisteskrank galten, etwas von einem Wurm erzählt, die Gründe, die sie herführten, waren verschiedene, nur eins hatten sie gemeinsam: Sie wurden geheilt, nachdem die Vision des Stanley Field über dieses Haus hereingebrochen war.

Ich frage mich heute noch, in welchem Zustand Stanley Field wirklich ein geistiger Krüppel war - zu der Zeit, als er das Werk des Wurmes noch beobachten konnte, oder danach, als der Wurm ihn endlich gefressen hatte.

Juli 1996

Die Stadt auf dem Meeresgrund

Lo! Death has reared himself a throne
In a strange city lying alone
Far down within the dim West,
Where the good and the bad and the worst and the best
Have gone to their eternal rest.
There shrines and palaces and towers
(Time-eaten towers that tremble not!)
Resemble nothing that is ours.
Around, by lifting winds forgot,
Resignedly beneath the sky
The melancholy waters lie.

Edgar Allan Poe - „The City In The Sea"

Während die Sonne golden über den Horizont stieg, war um uns herum nicht viel mehr als das sehnsuchtsvolle Rauschen der Karibischen See und der melancholische Takt der Wellenschläge gegen das Holz des Schiffsrumpfes, eine einsame und wohltuend beruhigende Melodie, die nur unangenehm gestört wurde durch das leise Rattern des Motors und ein hin und wieder hörbares Klatschen der Taue und Segel gegen den Mast. Trotz der nahen tropischen Küste, die wie ein Schattenbild vor dem Morgenrot aus den Wassern stieg, atmete die Szenerie die endlose Einsamkeit des Meeres, das ungeborgene Alleinsein inmitten einer grenzenlosen Welt. Es gab niemanden hier draußen außer den rastlosen Tieren der See unter dem schnittigen Kiel des Schiffes, den Seevögeln, die vereinzelt über der Takelage ihre Kreise zogen, und Gott, der unsichtbar irgendwo wachen mochte, näher dem Menschen, der sich auf die See hinaus wagte als jedem anderen an irgendeinem festen Platze der Erde. Nur hier draußen, unter dem schimmernden Licht der goldenen Morgensonne, schien der Himmel wirklich sich bis auf jene Ebene zu senken, die dem Menschen vorbehalten war, schien geradewegs auf seinen Schultern zu lasten. Hier war der Himmel nicht weit über einem, sondern er begann direkt auf den Wassern, um sich in riesige, unmeßbare Höhen aufzuschwingen und sich im All zu verlieren, wie sich das Wasser in der unergründbaren Tiefe des dunklen Meeres verlor. Hier trafen Unendlichkeit und Ewigkeit aufeinander.

Wir machten nicht viel Fahrt, denn einerseits war unser kleines Schiff und sein Motor nicht mehr allerneuesten Datums und der Wind war zu schwach, um unser Segel zu blähen, andererseits fürchtete sich Mitchell Hancock, unser Kapitän und ein guter Freund von mir seit vielen Jahren, vor den vielen tückischen Riffen, die verstreut zwischen den Inseln lagen und an nichts anderem zu erkennen waren als an Länge und Form der Wellen, die darüberbrausten. Marian, seine Braut, ein hübsches, rothaariges Ding und, obwohl früher eine billige Hafendirne, ein liebenswertes Wesen, wie man so schnell kein zweites traf, pflegte um diese Zeit noch in ihrer Koje zu liegen, und so oblag es dem Neger Jim, dem Mädchen für alles an Bord der altersschwachen „Louise", für den Kaffee zu sorgen.

Mich eingeschlossen waren wir also zu viert.

Wieder einmal beugte ich mich über die Seekarte und verfolgte genau die gezackten Küstenläufe, denen wir zustrebten. Ich studierte die Lage der Riffe, die eingezeichnet waren, und überlegte, wo sich weitere, noch unbekannte finden könnten, die man erst dann entdecken würde, wenn ein Schiff auf ihnen zerschellte.

„Gegen Mittag können wir die Bucht von San Sebastián erreichen." wandte ich mich an Mitch, dessen stämmige Gestalt vor dem Steuerrad stand, breitbeinig, die rauchende Pfeife im Mund und die alte, speckige Mütze keck ein wenig schief in die Stirn gezogen. „Wir haben allerdings noch ein paar tückische Riffe vor uns, die bestimmt ausgedehnter sind als unsere Karte vermuten läßt."

„Das schlimmste, was uns passieren kann, wenn wir auf ein Riff laufen, ist, wenn Marian aus ihrer Koje fällt." scherzte Mitch mit seiner Baßstimme. „Sie hat dann den ganzen Tag schlechte Laune und läßt das Mittagessen anbrennen."

Die Tür hatte sich geöffnet, und Jim war eingetreten, mit zwei großen Pötten dampfenden Kaffees in den Händen. Jim war nicht sein richtiger Name, denn der war unaussprechlich, aber Mitch hatte gefunden, Jim wäre ein guter Name für einen Schwarzen.

„Ich habe mal von drei Männern gehört, die vier Wochen auf einem Riff saßen und nicht runterkamen, obwohl die Küste nur zwei Meilen weit weg war." meinte Jim, als er uns den Kaffee reichte. „Die Brandung war zu stark. Einen hat sie schließlich weggerissen, der andere ist in einen Seeigel getreten und an dessen Gift gestorben, nur den letzten hat man zufällig gefunden, wie er halbwahnsinnig auf seinem kleinen Felsbrocken mitten im Meer hockte."

„Wovon haben sie sich ernährt, die ganze Zeit?" fragte ich interessiert.

„Sie sind nach Muscheln und Schnecken getaucht. Und getrunken haben sie nur das Regenwasser, daß sie in einer Eßschale gesammelt haben."

„Seemannsgarn." knurrte Mitch.

„Nein, Mr. Hancock, das ist die Wahrheit." ereiferte sich der Bursche.

„Genauso wahr wie die Geschichte von dem Riesenkraken?"

Jim grinste.

„Nur weil sie noch keinen Riesenkraken gesehen haben, heißt das nicht, daß es ihn nicht gibt." beharrte er.

„Ach was, ich kenne alles Seegetier, das größer als eine Grundel ist. Und solch ein Seemonster, wie du damals gesehen haben willst, ist nicht dabei, weiß Gott nicht!"

„Hast du meinen Taucheranzug schon kontrolliert, Jim?" mischte ich mich ein. Ich wußte, wenn die beiden Seebären erst einmal damit anfingen, ihr Garn zu spinnen, würden sie sobald kein Ende finden.

„Alles in Ordnung, Mr. Fletcher." beeilte sich Jim zu versichern. „Ich habe keine schadhafte Stelle gefunden, und alle Schraubverbindungen habe ich nachgesehen und festgezogen."

Ich nickte. Auf den braven Kerl war Verlaß in solchen Dingen, und sooft ich mit Mitch auf Tauchgang war, hatte ich mich über

Jims Fleiß und Fähigkeiten niemals zu beklagen gehabt.

„Jimmy, halt mal das Ruder!" brummte Mitch und trat zu mir an den Kartentisch. „Was ist, wenn wir in der falschen Bucht suchen?"

„Es ist die richtige." gab ich ein wenig mürrisch zur Antwort. Wenn ich mir einer Sache sicher war, mochte ich es nicht, wenn irgendjemand Zweifel anmeldete.

„So war das nicht gemeint." lenkte Mitch ein. „Aber ich frage mich immer wieder, was die ‚Estrella' in solch einer verlassenen Gegend zu suchen hatte."

„Möglicherweise Schutz vor einem Sturm."

„Bei all den Riffen? Selbst heute läuft kein Schiff diese Bucht an, aus Angst, auf Grund zu laufen. Es gibt sicherere Plätze, sich vor einem Sturm zu schützen."

Ich griff nach meinem fleckigen Notizbuch und schlug die Seiten auf, wo ich meine Aufzeichnungen über den Untergang der „Estrella" gemacht hatte. Sie war ein spanisches Goldschiff gewesen. Keine dieser großen Galeonen, die über den Atlantik nach Spanien segelten. Im achtzehnten Jahrhundert brachte sie Goldbarren aus Cartagena hinauf nach Havanna, wo die Ladung in die Bäuche der großen Silberflotte umgeladen wurde. Auf einer dieser Fahrten verschlug es sie in die Bucht von San Sebastián, die wir jetzt anliefen, und dort sank sie. Einige Männer retteten sich ans Ufer, doch nur zwei einfache Matrosen überstanden die Strapazen des Marsches durch den tödlichen Dschungel. Viele Hinweise hatten sie nicht hinterlassen, aber daß ihr Schiff hier, und nur hier, gesunken war, daran gab es keinen Zweifel.

„Gott allein weiß, was ihr Capitán in dieser Bucht zu suchen hatte." meinte ich. „Vielleicht war er auch auf der Flucht vor Piraten und hat hinter den Riffen Schutz und Sicherheit vor ihnen gesucht. Die ‚Estrella' war keine dieser schwerfälligen, maroden Galeonen, sie war ein gekaperter Holländer und sehr wohl in der Lage, zwischen den Untiefen zu manövrieren."

Es schien nicht so, als hätte der Blick in mein Notizbuch Mitchs Zweifel endgültig zerstreuen können. Doch wenn man wie wir nach gesunkenem Gold suchte, dann gab es letztendlich keine Sicherheit, solange nicht, bis man die schweren Barren in den Händen hielt.

„Warum hat dann noch niemand vor uns nach ihr gesucht?" wandte er ein.

18

„Vielleicht, weil die anderen genauso ungläubig waren wie du." versetzte ich.

„Wie du meinst." Er klopfte seine ausgebrannte Pfeife aus und stopfte sie neu. „Mir kann's ja auch egal sein. Ich schippere nur ein wenig zwischen den Riffen herum. Du bist es, der runter auf den Meeresgrund geht und sich den Wolf sucht."

Ich ließ ihn reden. Wenn es soweit war, würde ich ihm schon zeigen, daß ich recht hatte.

Wir erreichten die Bucht am frühen Nachmittag, ohne auf ein Riff gelaufen zu sein. Einmal allerdings gab es ein bedenkliches Scharren und Kratzen am Rumpf, und Marian, die gerade aus dem Bett gefunden hatte, schrie ängstlich auf. Aber nirgendwo hatten die Korallenbrocken ein Leck in die Planken gerissen, sicherlich war nur der Lack etwas angekratzt.

Die Bucht war ein malerischer Ort. Der bis an den Saum des Meeres reichende Urwald, aus dem die vielfältigsten Vogelstimmen klangen und in dem wie glitzernde Farbtupfer fremdartige Blüten blitzten, verlieh ihm geradezu paradiesische Schönheit, ohne daß ein menschliches Wesen hier sein zerstörerisches Werk begonnen hätte. An einer Stelle ergoß ein plätscherndes Bächlein seine kristallklaren Wasser in die Bucht, an einer anderen türmten sich einige Felsbrocken übereinander und bildeten kleine, dunkle Höhlungen, wo sich ein paar brütende Vögel niedergelassen hatten - es würde wieder mal Eier zu Mittag geben. Wären nicht die gefährlichen Korallenbänke vor der engen Einfahrt gelegen, hätte man dies hier einen von Gott gesegneten Platz nennen können, geschaffen, das menschliche Auge zu erfreuen.

Zum Tauchen war in den nächsten Tagen noch Zeit genug. Wir setzten uns in das Beiboot und ruderten zum Strand hinüber, erfrischten uns mit einem Bad im kühlen Bach und fanden ein paar reife Mangos und Bananen im Dickicht des Urwalds, so daß wir ein lustiges Picknick veranstalten konnten, zu dem Jim auf seiner Gitarre ein paar von seinen herzerweichenden Südstaatenmelodien anstimmte. Mitch schoß ein paar fette Vögel, die Marian schmackhaft zubereitete, obwohl keiner von uns wußte, welcher Sorte sie angehörten, und erst weit nach Sonnenuntergang ruderten wir zur „Louise" zurück und begaben uns nach einem wundervollen Tag in unsere Kojen.

Wir verließen diese am nächsten Morgen pünktlich bei Sonnenaufgang, ohne Marian natürlich, die eine notorische Langschläferin war. Jim kontrollierte noch einmal die Pumpe, die mich unter Wasser mit Luft versorgen sollte, ich legte mein Tauchzeug bereit, und Captain Mitch stand daneben, wie immer an seiner Pfeife paffend, und gab überflüssige Ratschläge.

Als wir soweit fertig waren, kam auch Marian an Deck, früher als sonst, aber die Erwartung hatte sie hinausgetrieben. Ich wollte mit dem Tauchen noch eine Weile warten, bis die Sonne höher stand und ich im trüben Wasser der Bucht eine bessere Sicht hatte. Außerdem machte mir die Hitze zu schaffen, trotz der frühen Morgenstunde, und so entschloß ich mich zu einem Bad in den Fluten. Mitch hielt nach Haien Ausschau, beruhigte mich dann aber, denn er hatte keine entdecken können. Und was er nicht sah, das wußte ich bereits, gab es auch nicht.

Ich sprang vom Bug der „Louise", völlig entkleidet, ins Wasser und genoß das Gefühl der über mich hereinbrechenden Fluten. Ich tauchte mit ein paar Stößen hinunter, rollte mich herum wie ein kleiner Junge im übermütigen Spiel, schoß dann nach oben und machte einen Satz über die Wasserfläche, kurz nach Luft schnappend, um erneut hinabzutauchen.

Plötzlich hörte ich, oder vielmehr fühlte ich auf meinen Trommelfellen einen tiefen, metallischen Ton wie den Schlag einer Glocke. Ein ähnliches Geräusch hatte ich noch nie unter Wasser vernommen; wäre es an Land geschehen, hätte es mich nicht verwundert, aber hier in den Wassern einer einsamen karibischen Bucht? Noch bevor ich mich von meiner Verwirrung erholen und das seltsame Erlebnis auf eine Sinnestäuschung schieben konnte, vernahm ich, noch immer tauchend, den Ton ein weiteres Mal. Diesmal noch klarer, und es gab für mich keinen Zweifel mehr - es war der Klang einer Kirchenglocke.

Ich brach mit dem Kopf durch die Wasseroberfläche und schaute hinüber zum Schiff. Vielleicht hatte Jim aus irgendeinem Grunde die Schiffsglocke geläutet, auch wenn ich mir nicht denken konnte, daß der Klang, den ich vernommen, von daher stammen sollte. Aber die ganze Mannschaft der „Louise" war am Bug versammelt. Mitch saß gelangweilt da und rauchte Pfeife, Jim entlockte seiner Gitarre wie immer in seinen Mußestunden angenehme Klänge. Marian saß auf der Reling und ließ sich die Sonne auf den Bauch scheinen, der sich unter ihren vom Leben schon ein bißchen mitgenommenen Brüsten wölbte, die sie verführerisch in ein um den Leib geschlungenes, schmales Tuch gebettet hatte. Sie alle schienen nichts ungewöhnliches bemerkt zu haben.

Ich beschloß, die Sache zu vergessen. Es gab nur eine vernünftige Erklärung für den seltsamen Klang. Meine Sinne mußten mir einen Streich gespielt haben. Ich beschloß, mir das Badevergnügen durch nichts verderben zu lassen. Ich tauchte wieder in das trübe Licht der Unterwasserwelt, in die geheimnisvollen Tiefen, die mich seit meiner Kindheit fasziniert hatten. Nur kurz kam ich nach oben, um Luft zu holen, ansonsten glitt ich unter der Oberfläche dahin und blickte nach unten in das Dunkel der Tiefe.

Plötzlich vernahm ich es erneut, lauter und klarer als die beiden vorigen Male noch, unverwechselbar in seinem Klang, den eindringlichen Ton einer schlagenden Glocke.

Jetzt reichte es mir. Ich tauchte auf und schwamm zum Schiff zurück, wo ich mich an einem Tau über die Bordwand hievte.

„Habt ihr das auch gehört?" fragte ich atemlos. Ich sah nur in verdutzte Gesichter.

„Was sollen wir gehört haben?" fragte Marian neugierig.

„Die Glocke!" rief ich.

„Eine Glocke?" Mitch brach in Lachen aus. „Wo zum Teufel hörst du denn eine Glocke läuten?"

„Unter Wasser." stieß ich ärgerlich hervor.

„Marian, du mußt dich vor ihm hüten." rief ihr Mitch hinüber. „Sicherlich waren es seine eigenen Glocken, die da geläutet haben. Dick genug sind sie ja."

Etwas verschämt nahm ich meine Hose und zog sie über meinen nackten Körper.

„Ich habe eine Glocke gehört." beharrte ich in fester Überzeugung. „Unter Wasser hier in der Bucht. Dreimal hat sie geschlagen, klar und deutlich. Es klang wie eine Kirchenglocke."

Erst jetzt bemerkte ich, daß Jim zu spielen aufgehört hatte und mich mit einem entsetzten Gesichtsausdruck anstarrte.

„Bitte, Mr. Fletcher," hauchte er mit schwacher Stimme, „bitte tauchen sie heute nicht!"

„Wieso?" wollte ich wissen.

„Es ist so eine Geschichte. Immer, wenn ein Seemann eine Glocke aus den Wassern herauf schlagen hört, dann kommt bald die Stunde, wo das Meer ihn sich holt."

„Jim, nun fang nicht schon wieder an, deine Schauermärchen zu erzählen. Nachher vergraulst du uns noch unseren Taucher, und wir schippern hier nutzlos über den Goldbarren herum und kommen nicht ran." rief Mitch, immer noch belustigt.

„Ich scherze nicht." Jim war wütend und sprang auf. „Schon viele haben die Glocke gehört, und dann hat das Meer sie sich geholt und auf seinen Grund gezogen. Mr. Fletcher darf nicht tauchen, denn die See hat sich ihn zum Bräutigam erwählt. Was er gehört hat, waren die Hochzeits- und Totenglocken zugleich."

„Hör schon auf." Ich war mißmutig über die Aufregung, die ich hervorgerufen hatte. Vielleicht hatte ich mich ja tatsächlich getäuscht, wer weiß, was ich wirklich gehört und für eine Glocke gehalten hatte. „Ich werde tauchen, schließlich bin ich hier wegen des Goldes. Und du erzählst dauernd Geschichten über Riesenkraken und Seemonster, da ist so eine Glocke ja noch das harmloseste."

„Wie sie wollen." entgegnete Jim mit bitterernster Miene. „Aber denken sie daran, daß ich sie gewarnt habe."

Damit setzte er sich und spielte auf seiner Gitarre eine traurige Melodie.

Eine Stunde später steckte ich in meinem Taucheranzug. Meine Füße staken in schweren, bleiernen Stiefeln, und um meinen Hals trug ich einen eisernen Kragen. Mitch und Jim nahmen den Helm, stülpten ihn mir über den Kopf und schraubten ihn gewissenhaft fest. Die vordere Sichtscheibe stand offen, so daß ich noch Luft bekam, ohne daß Jim das Rad der Pumpe drehen mußte. Bald würde ich davon abhängig sein, daß sein starker Arm nicht erlahmte.

Plump und schwerfällig, mit der Hilfe von Mitchs stützenden Armen, stellte ich mich auf das Trittbrett, daß an unserer Seilwinde befestigt war und mit dem ich hinunter ins Wasser gelassen werden sollte. Bevor Mitch mir auch noch das Sichtfenster schloß und festschraubte, hörte ich Jims Stimme aus dem Hintergrund.

„Denken sie daran, Mr. Fletcher. Seien sie vorsichtig."

Dann war es still um mich herum, und ich hörte nur noch meinen eigenen Atem.

Während Mitch an den Kran trat und mich ins Wasser hinunterließ, pumpte Jim meinen Anzug voll Luft. Ich regulierte die Ventile, was nicht leicht war mit meinen klobigen Handschuhen, und dann war ich auch schon im Wasser verschwunden.

Wie ein Wesen von einem fremden Planeten tauchte ich tiefer und tiefer in das diffuse, gebrochene Licht des Meeres ein, in den phosphoreszierenden Schimmer einer Welt, die mich feindlich umschloß und gegen die mich nur der Stoff meines Anzuges und der lange Luftschlauch schützte, mit dem ich wie ein Neugeborenes durch die Nabelschnur mit seiner Mutter mit der von Jim unermüdlich bedienten Pumpe auf dem Deck der „Louise" verbunden war. Das Wasser des Meeres war etwas lebendiges. Es war so durchsetzt mit organischem Leben, mit Algen, Plankton und den großen und kleinen Tieren der Tiefe, daß man wähnen konnte, man sei von einem einzigen, lebendigen flüssigen Brei von Leben umgeben, und jeder Organismus darin war, wie die Zelle im menschlichen Körper, nur ein Teil einer einzigen, weltumspannenden Kreatur. Wie Jonas im Bauch des Walfisches fühlte man sich verschlungen von ihr, aber auch darin geborgen wie der Embryo im Mutterleib. Verloren in der Unendlichkeit, geborgen im Hort des Lebens. Und einsam, ungeheuer einsam. Und doch war diese Einsamkeit eine wohltuende, denn die Seele fühlte sich auf zauberhafte Weise eins mit dem sie umgebenden Medium.

Es dauerte nur Minuten, bis ich durch das schimmernde Grün des Wassers hindurch den Grund erreicht hatte. Und doch mutete es an wie eine Ewigkeit, immer wieder. Ich schloß die Ventile ein wenig, denn unter dem erhöhten Druck in dieser Tiefe verlor mein Anzug zuviel Luft. Dann lief ich los. Für einen Anfänger mochte es ungewohnt sein, auf dem Meeresgrund zu laufen - die schweren Bleistiefel klebten förmlich am Boden, während der leichte Körper bei jedem Schritt emporschnellen wollte. Man mußte sich daran gewöhnen, und irgendwann hörte man auf, bewußt um sein Gleichgewicht zu kämpfen.

Ich lief auf gut Glück in Richtung auf die Küste zu. Da wir nicht wußten, in welchem Teil der Bucht die "Estrella" gesunken war, mußten wir wohl an mehreren Stellen suchen, bis wir eine Spur von ihr fanden. Ich hatte sandigen Boden erwartet, auf dem man vorwärtsstapfen konnte wie auf einem weichen Teppich, aber der Grund war ungewohnt felsig, und mitunter trat ich unversehens in eine Spalte im Gestein. Ich erkannte sofort die faltigen Wulste erkalteter Lava, die hier einst ins Meer geflossen war, so mußte der Berg gegenüber der Bucht, dessen felsige Hänge jetzt völlig vom Dschungel überwuchert waren, vormals also ein Vulkan gewesen sein. Obwohl ich beim Hinabtauchen durch Schwärme von Fischen gekommen war, schien das Meer hier unten vollkommen tot. Nur einige Algenbüschel und wenige Blumentiere hatten sich auf dem Felsengrund festgesetzt, und so fehlten auch die Fische, die sich von jenen ernährten, und die Räuber auf dem Boden der Bucht. Das Leben mied diesen Platz, und mir war, als sei ich abgestiegen in die Schlünde des Todes.

Es fiel mir nicht allzu schwer zu laufen. Mitch sorgte dafür, daß mein Atemschlauch weder zu straff noch zu locker im Wasser lag, so daß ich ihn kaum spürte und er mich keineswegs behinderte. Ich konnte mich ganz darauf konzentrieren, ob ich die „Estrella" oder wenigstens Spuren von ihr im grünblauen Glimmern der See in meinem Gesichtskreis sah.

Endlich wich der Felsenboden dünenhaftem Sand, erst an vereinzelten Stellen, dann den ganzen Umkreis meines Standortes bedeckend. Die Bewegung des Wassers hatte ihn mit einem Rippenmuster überzogen, und durch die Reflexion des Lichtes auf dem hellen Untergrund erweiterte sich mein Sehfeld.

Ich machte mir gerade Sorgen darüber, wieviel Meter Atemschlauch ich wohl noch hätte und wie weit ich mich noch vom Schiff entfernen konnte, als ich vor mir dunkle, schattenhafte Umrisse wahrnahm. Zuerst dachte ich selbstverständlich, vor dem Wrack der „Estrella" zu stehen, und in freudiger Erwartung, das langersehnte Ziel endlich mit eigenen Augen zu schauen, beschleunigte ich den Schritt und eilte, soweit mein Anzug dies gestattete, darauf zu.

Welche Überraschung aber überkam mich, als ich kein Wrack vor mir sah, sondern, gespenstisch auftauchend aus der Trübnis des Wassers, die verfallenen Mauern eines steinernen Gebäudes. Leere Fensterhöhlen starrten mich an unter einem eingefallenen Dach, die Wände, geborsten unter irgendeiner übermenschlichen Gewalt,

24

lehnten sich schief aneinander und schienen jeden Augenblick wie ein Kartenhaus zusammenstürzen zu wollen. Voller Neugierde, aber auch mit einer gewissen Beklemmung, ging ich weiter. Hinter der ersten Ruine tauchte die nächste auf, und bald befand ich mich auf einer regelrechten Straße, von feinem Sand zugeschwemmt, aus dem die Häuser herausragten und einen Weg säumten, der den Toten vorbehalten blieb.

Statt eines Schiffes und einer Ladung Goldbarren hatte ich eine ganze Stadt entdeckt, eine Stadt auf dem Meeresgrund. Mit Schaudern wurde mir bewußt, daß ich mich tatsächlich im Reich des Todes befand, am Ort eines unvorstellbaren Verhängnisses. Jetzt wußte ich, was die „Estrella" hier in der Bucht verloren hatte. Sie war auf dem Wege zu dieser Stadt gewesen, die vielleicht damals schon nicht mehr existierte, eine Stadt, welche die Natur restlos vom Erdboden getilgt und der Mensch aus seinen Seekarten gestrichen hatte, so daß sie in tiefste Vergessenheit geraten war.

Plötzlich schrak ich aus meinen Gedanken. Deutlich hörte ich, oder vielmehr ich fühlte die Vibrationen durch meinen eisernen Helm, durch den ich natürlich kaum etwas hören konnte, den Schlag der Glocke. Der ohnehin seltsame Klang, der hier so restlos fehl am Platze schien, Jims düstere Prophezeiung und die geisterhafte Erscheinung der toten, zerstörten Stätte um mich herum jagten mir augenblicklich einen Schauer des Schreckens durch das Mark. Ich strauchelte und fiel gegen eine der Hauswände, die unter der Wucht des Aufschlages auseinanderbarst, und ich landete in den Trümmern. Dreck wirbelte auf um mich herum und hüllte mich in Finsternis. Ich zappelte wie ein Maikäfer, der auf dem Rücken liegt, bei dem Versuch, mich wieder aufzurichten, mit dem Erfolg, daß noch mehr Sand und Schlick mir die Sicht nahmen. Endlich faßte ich mich wieder und fand zu meiner Beherrschung zurück. Ich wartete, bis die trüben Wolken um mich her sich langsam wieder legten, und vorsichtig stellte ich mich auf die Beine und bewegte mich ein paar Schritte weiter.

Als ich mich erneut umsah, glaubte ich mich endgültig von meinen Sinnen genarrt. Direkt gegenüber meines Standortes erhob sich der von Zeit und Wellen zernagte, aber immer noch aufrecht stehende Turm einer Kirche, und oben unter der Spitze gewahrte ich, seltsam sich abhebend vor dem durch die Wasseroberfläche hindurchglimmernden Licht der karibischen Sonne, die Glocke, die wie durch ein Wunder all die Jahrhunderte hindurch nicht heruntergstürzt war. Den Blick aufgerichtet, taumelte ich fast gegen ein steinernes Kreuz, das aus dem sandigen Boden wuchs, und als ich benommen in die Runde blickte, tauchten weitere Kreuze und Grabsteine vor mir auf, die wie von einer Riesenfaust getroffen schief, mal nach der einen Seite geneigt, mal nach der anderen standen, einige ganz zersplittert oder am Boden liegend, wie Baumstämme nach einem Hurrikan einen eigenartigen Wald des Todes bildend. Und mitten auf diesem Friedhof längst vergangener Zeit ragte der düstere Schatten eines Schiffes in die Höhe, genau zwischen mir und dem geisterhaft sich reckenden Glockenturm gelegen, wie die dunkle Vision eines aus den tiefsten Abgründen der menschlichen Psyche aufgestiegenen quälenden Traumes.

Ich war hin und hergerissen zwischen Erstaunen und Entsetzen. Unsicher, ob dies Bild Wirklichkeit war oder ein Produkt meines verwirrten Geistes, verharrte ich in Ehrfurcht inmitten der gespenstischen Szenerie, unschlüssig, ob ich hinübergehen und mich weiter in diesen unheimlichen Ort vorwagen oder den Rückweg antreten sollte in die Geborgenheit an Bord der „Louise". Das Bild, das mich umgab, konnte ein Wahngebilde sein, geboren aus den psychischen Verwirrungen der gefürchteten Taucherkrankheit, ein Alptraum, der seine Wurzeln hatte in den Anstrengungen des Tauchens in diesen Tiefen und den unheimlichen Vorhersagen unseres Freundes Jim. Viellicht aber auch hatte ich das unerhörte Glück, wirklich am Ort einer Katastrophe zu stehen, die, ähnlich wie die Flutwelle, die Port Royal verschlang, eine ganze Stadt und ihre Einwohnerschaft in die Tiefe gerissen hatte.

Ich schüttelte jeden Gedanken an Wahnsinn ab. Noch niemals hatten mich meine Sinne derart getäuscht, ich hatte keinen Grund anzunehmen, daß sie mir diesmal einen so üblen Streich spielen sollten. All meinen Mut zusammennehmend schritt ich auf das Wrack zu, das schemenhaft vor mir aufgetaucht war.

Die „Estrella" hatte ihren Bug tief in den weichen Boden des Friedhofes gebohrt. Wie ein Pflug hatte sie die Erde aufgewühlt und die steinernen Grabmäler vor sich aufgetürmt. Ihr Rumpf war an vielen Stellen geborsten, die Planken gesplittert, und die Masten waren gebrochen und herniedergesunken, große Teile der

Aufbauten zerstörend.

Das im Bauch des Schiffes gelagerte Gold beflügelte meine Gedanken und ließ alles um mich herum, die ganze unwirkliche, unheilverheißende Szenerie, in Vergessen versinken. Ich eilte auf das unglückliche Schiffswrack zu, auf eines der finsteren Löcher in der Schiffswand, hinter dem ich den glückseligmachenden Schatz vermutete. Ich stapfte über den Sand, in dem meine schweren Stiefel versanken, klammerte mich an die Planken des Rumpfes und wollte hineintauchen in das Dunkel des Inneren.

Doch ich kam nicht weiter. Mein Luftschlauch hing straff und unnachgiebig zwischen mir und der entfernt stehenden „Louise" und erlaubte mir keinen einzigen Schritt mehr. So kurz vor dem Ziel, bevor meine Augen die wertvolle Ladung der „Estrella" sehen konnten, war ich gezwungen umzukehren.

Es dauerte noch eine geraume Weile, bis ich wieder an Bord gehievt werden konnte. Mitch schraubte sofort das Sichtfenster an meinem Helm los.

„Was zum Teufel ist denn in dich gefahren?" rief er erregt. „Wie kannst du dich so weit vom Schiff entfernen? Der Atemschlauch war ja schon ganz straff! Wenn etwas passiert wäre, wie hätten wir dich herausholen sollen?"

Ohne auf seine Vorwürfe zu antworten, mit einem entrückten Lächeln im Gesicht, antwortete ich: „Ich habe die ,Estrella' gefunden."

Mitch starrte mich einen Moment lang mit ungläubigen Augen an, dann brach er in ein freudiges Lachen aus. Marian und Jim stimmten ein.

„Du hast sie gefunden!?" rief er. „Das ist fantastisch. Und das Gold, hast du das Gold gesehen?"

Ich schüttelte den Kopf.

„Du mußt die ,Louise' hinübersteuern. Ich will gleich noch einmal runter, um mir Gewißheit zu verschaffen." meinte ich.

Sofort war Mitch auf der Brücke, während Jim den Anker einzog. Als er damit fertig war und das Schiff mit langsam tuckerndem Motor Richtung Küste fuhr, um ein kurzes Stück später erneut zu halten und Anker zu werfen, sah er mich mit besorgter Miene an.

„Wollen sie nicht später tauchen, Mr. Fletcher? Das Wrack läuft uns nicht mehr weg."

„Wegen der Glocke brauchst du dir keine Sorgen mehr zu machen." entgegnete ich ihm zuversichtlich. „Mir wird ganz bestimmt nichts passieren."

Von der Stadt erzählte ich keinem etwas. Das hätte nur endlose Fragen an mich bedeutet, aber in mir brannte der Eifer, das Gold der „Estrella" zu finden, und ich wußte, daß ich nicht eher Ruhe geben konnte, bis ich die wertvolle Fracht mit eigenen Augen sah. So schnell wie möglich wollte ich zurück, ungeachtet meiner Erschöpfung; später würde mehr als genug Zeit dafür sein, von meinen merkwürdigen Erlebnissen zu berichten.

Erneut ließ ich mich auf meinem kleinen Trittbrett am Seil des Kranes auf den Meeresgrund hinunter. Doch diesmal stand mein Denken ganz im Banne des vorher geschauten und der verheißungsvollen Lockungen des Goldes im Bauch des spanischen Schiffes. Kein Meerestier, das mich neugierig umschwamm auf meinem Wege abwärts, konnte meine Aufmerksamkeit auf sich ziehen, mein Blick war nur nach unten gerichtet und bohrte sich fieberhaft hinein in die Trübnis, um ein neues Bild der dort unten liegenden geheimnisumwobenen Szenerie zu erhaschen, die mich nicht mehr ängstigte und schreckte, sondern mit magischer Gewalt anzog, so wie jedes Wunder die Menschen in seinen Bann zu schlagen pflegt, die nicht mehr die Gefahren achten, sondern es um jeden Preis schauen wollen.

Da tauchte unter mir die Spitze des Kirchturmes auf, wuchs heraus aus dem grünlichen Wolkenschleier des wabernden Planktons und reckte sich mir wie ein mahnender Zeigefinger entgegen, bis sein halbzerfressenes Dach, die Glocke und die obersten, sich beängstigend in Neigung befindlichen Etagen an mir vorüber waren und meine Stiefel endlich den sandigen Boden vor der alten Kirchenruine berührten.

Ich befand mich nun auf der anderen Seite des Wracks, das durch einen unheimlichen Zufall mitten auf den Friedhof hinabgesackt war, seine Mannschaft gleichsam in geheiligten Boden bettend, statt sie der allesverschlingenden See zu übergeben. Ein wenig schauderte ich doch, als ich so über den Gottesacker stapfte, aber ein Schatz, der es mir damals wert schien, meinen Leib und meine Seele in allergrößte Bedrängnis zu bringen, trieb mich

28

vorwärts.

War die Stadt bei meinem ersten Besuche hier unten mir vollkommen leblos erschienen, förmlich im Banne des Todes erstarrt, so tummelten sich jetzt merkwürdigerweise eine ganze Anzahl von Fischen zwischen den Grabmälern. Aber die Schwärme schienen in heillosester Aufregung und Verwirrung orientierungslos hin und her zu schießen, ohne Sinn und Verstand ihren Weg suchend, und die Räuber beachteten die fette Beute nicht einmal, sondern irrten in zielloser Jagd dahin, als wären sie selbst Gejagte.

Inzwischen trennten mich nur noch wenige Schritte von einem der großen, im Rumpf der „Estrella" klaffenden Löcher. Im Vorgefühl des Reichtums achtete ich nicht mehr auf das seltsame Wirrwarr von Totem und Lebendigem in meiner Umgebung. Ich fieberte dem Augenblick entgegen, in dem ich mich mit eigenen Augen von der Existenz des Goldes überzeugen konnte.

Doch ich sollte es niemals zu Gesicht bekommen.

Wie auf ein geheimes Zeichen hin schossen plötzlich alle die Fische, die auf dem Friedhof hin und her schwammen, zugleich in die Höhe und machten eine fluchtartige Bewegung weg vom Zentrum der versunkenen Stadt, bis sie aus meinem Gesichtskreis entschwunden waren. Der Ort gehörte wieder den Toten allein. Ich machte einen weiteren Schritt nach vorn, doch als ich den Fuß aufsetzte, versank ich mit einem Bein bis über das Knie im Boden. Ich spürte das Splittern morschen Holzes, sah Knochenreste aus dem Sand aufwirbeln und schlug der Länge nach hin. Panisch versuchte ich mich freizumachen aus dem Grab, in das ich eingebrochen war, ich ruderte wild mit den Armen, doch der Boden um mich herum schien plötzlich wie Brei, in dem ich keinen Halt mehr fand. Ich beförderte ungewollt einen grinsenden Totenschädel nach oben, und während ich in seine leeren Augen sah, ertönte der Schlag der Glocke.

Ihm folgte ein zweiter, gleich darauf ein dritter. Gleichzeitig spürte ich um mich herum ein Zittern und Beben, als sei der sandige Grund selbst zum Leben erwacht und atme schwer nach todesähnlichem Schlaf. Das Schlagen der Glocke wollte diesmal kein Ende nehmen. Es steigerte sich zu einem warnenden Stakkato sich ins Gehirn fressender Töne; die Wellen nahmen den Klang auf und leiteten ihn durch die Bucht, ließen die Vibrationen übergehen auf meinen eisernen Helm, in dem ein Lärm herrschte, als befände sich mein Kopf in der Glocke selbst. Unermüdlich schlug sie, als gelte es, alle Seetiere des Karibischen Meeres zusammenzurufen, teilhaben zu lassen an dem, was mir nicht anders vorkam als das Totengeläut für einen unglücklichen, ahnungslosen Taucher.

Ich konnte die Panik, die von mir Besitz ergriff, nicht mehr unterdrücken. Mit einer entschlossenen Bewegung machte ich mich los vom Grab, das mich umfing, als dürstete ihn nach etwas Lebendigem. In diesem Augenblick brach um mich her ein Inferno aus.

Unter dem Trommelfeuer der Glockenschläge wölbte sich der Boden auf wie die Oberfläche einer gewaltigen Blase, und Eruptionen von Schlamm und blubbernden Gasen schossen empor. Wie ein Totentanz tauchten aus dem Sand die bleichen Gerippe auf, starrten mich an mit ihren leeren Augenhöhlen, und ihre knochigen, halbzerfallenen Hände griffen nach mir und schienen an mir zu zerren und mich zurückzuhalten. Ich versuchte, diesem Grauen zu entkommen und lenkte meine Schritte zurück zur Ruine der Kirche, wo das Seil nach oben zur „Louise" lief, das mich hinaufziehen konnte in die dortige Sicherheit. Doch ich strauchelte bei jedem Schritt, weil der Boden unter mir nachgab, immer mehr Schädel und Knochenhände kamen nach oben, umstürzende steinerne Grabkreuze drohten mich zu erschlagen. Halb wahnsinnig vor Angst kämpfte ich mich vorwärts, mit fuchtelnden Armen, um mich freizumachen von der Bedrängnis durch das tote Volk ringsum, das mich zu sich herabziehen wollte in den Abgrund des Todes. Gräber brachen auf, Särge schoben sich durch die sandige Oberfläche, zersplitterten unter dem Schlag einer unsichtbaren Gewalt und spien mir ihren schauerlichen Inhalt entgegen, die Deckel der steinernen Grüfte flogen auf, während die Sarkophage auseinanderbarsten. Überall regnete es Knochen auf mich hernieder, und aus dem Sand griffen die entfleischten Hände der Höllengeister nach mir, um mich aufzuhalten und meine Flucht zu beenden.

Und über allem klang das eherne Schlagen der Glocke.

In meiner Angst sah ich auf zu dem Turm, als sei die Glocke allein die Ursache all der Verderbnis um mich herum, des Chaos aus Schutt und Gebein. Da neigte er sich pötzlich zur Seite, und von einem letzten, kraftvollen Schlag der Glocke begleitet barst er auseinander, seine Trümmerstücke über den Friedhof verstreuend. Sein Haupt bohrte sich krachend in den wrackliegenden Schiffsrumpf, riß die morschen Holzwände des Gefährts auseinander und wirbelte Tonnen von Schlick und Sand auf, die das Wasser verdunkelten und keinen einzigen Sonnenstrahl mehr herabließen.

Ich war in völliger Dunkelheit gefangen und wartete auf mein Ende, als sich neben mir der Schlund der Hölle auftat.

Ich hörte das heraufsteigende Grollen, ich fühlte das ansteigende Beben unter meinem Körper wie den Hufschlag der Pferde der apokalyptischen Reiter oder einer Armee von Dämonen, die sich bereit machten, aus den Eingeweiden der Erde ins Reich der Lebenden emporzubrechen. Dann sah ich das Licht, das grelle Flammenlicht des Fegefeuers hinter mir hochzüngeln und den unglücklichen Schiffsleib mit seiner Gewalt verzehren, ich sah das Wrack umgeben von höllischem Glanze, prasselnd und knisternd, im sich auftuenden Rachen versinken, wie ein Tier sich wälzend und wehrend, doch ohne eine Chance gegen die übermenschlichen Kräfte, sich einmal noch aufbäumend, dann auseinanderbrechend und verschwindend. Der Feuerschein wuchs zu einem gleißenden Inferno und tauchte das trübe, schlammbeladene Wasser in einen durchdringenden roten Schein. Wie das aufgerissene Maul einer hungrigen Bestie hatte der Schlund sich aufgetan, seinen stinkenden, schwefligen Atem ausstoßend, und lechzte nach Beute.

Der Boden begann sich zu bewegen wie eine träge, fließende Masse. Voller Entsetzen bemerkte ich, wie all die Gräber, Kreuze und Grüfte sich dem Höllenschlund näherten und in ihm versanken, wie er, gleich dem Sog eines Wirbels, jeden Fußbreit Boden zu sich heranzog und gierig hinabschlang. Ich versuchte mich dem Griff des tückischen Breies zu entwinden, strampelte wie ein Wahnsinniger in der schlammigen, mich mit sich ziehenden Masse, um dem Verhängnis zu entkommen, während die Hitze um mich herum unerträglich wurde. Plötzlich sah ich mich auf allen Seiten umgeben von Skeletten, entfleischten Körpern armer Kreaturen, die es wie magisch hinab in den Feuerofen zog und die mich grinsend ob meines Mißgeschicks mit sich zu reißen schienen. Was nur hatten diese Sünder zu Lebzeiten verbrochen, daß nun die Hölle sie derart bestimmt als ihren Tribut forderte? Ich wollte mich wehren, ich wollte nicht ihr Schicksal teilen, nicht Teil sein dieses gigantischen Leichenzuges, der da im Flammenschein verschwand. Ich schlug um mich, Knochen zerbrechend, Brustkörbe und Rippen zerschlagend, ich zerschmetterte die mich angrinsenden Schädel mit kraftvollen Fausthieben und riß mir die zerrenden Hände der Toten vom Körper, doch ich kam nicht an gegen den drängenden Wall aus totem Gebein, der mich mit sich zog hinab in die Ewigkeit der Verdammnis.

In einem letzten klaren Moment schloß ich die Ventile, durch die meine ausgeatmete Luft ins Wasser strömte, und pumpte meinen Anzug voll, daß meine Gestalt sich aufblähte wie ein Igelfisch in Gefahr. Zwar konnte ich mich der schweren Stiefel und des Helmes wegen nicht vom Boden abhebend ins freie Wasser stoßen, doch der Auftrieb durch meinen luftgeblähten Anzug half mir, mich aus der vorwärtsstürmenden Masse von Sand, Schlamm und Knochen an die Oberfläche zu arbeiten und den toten Leibern zu entgehen, die sich mir entgegenwälzten. Es war, als würde ich schwimmen in dem Brei, gegen die Strömung, die mit unwiderstehlicher Gewalt hin zum Wirbel des Höllenschlundes strebte.

Das Inferno, in welchem ich mich befand, läßt sich kaum mit Worten beschreiben. Hinter mir glühte der Feuerofen der Verdammnis, sein Glutschein blähte sich auf und seine Hitze hüllte mich ein und nahm mir die Luft. Um mich her war alles in Bewegung, alles strebte hinab in die Flammen, und ich strampelte wie ein ins Wasser geworfener junger Hund, um mit letzter Kraft das Seil zu erreichen, das mich zur „Louise" hinaufziehen konnte. Ich zog mehrmals daran, das verabredete Zeichen, daß ich in Not war, legte mich quer über das Brett und klammerte mich mit beiden Armen so fest, wie ich nur konnte. So wurde ich in die Höhe gehoben.

Unter mir war das gleißende Licht der Hölle, das immer heller strahlte, je mehr Nahrung es fand in der toten Stadt ringsherum. Ich sah, wie alles im Schlund der Erde verschwand, die Kirche mit ihrem geborstenen Glockenturm, die Häuser und Straßen ringsum, alles fiel zusammen, flog auseinander und versank letztendlich im alles verzehrenden Strudel. Ich weiß nur noch, mit welcher Faszination ich plötzlich dieses Inferno unter mir anstarrte, wie ich lange Züge menschlicher Seelen schreiend und wehklagend duch das Tor der Hölle treten sah, unter dem schauerlichen Geläut der Totenglocken, und nicht mehr wußte, was Realität war und was Wahnsinn.

Dann verlor ich das Bewußtsein.

Als ich erwachte, zitternd und schweißgebadet, in Decken gewickelt, während Jim mir kühle Umschläge auf die wie Feuer brennende Haut legte, schlingerte die „Louise" wieder weit draußen in der Karibischen See, weitab vom Ort meiner furchtbaren Visionen.

Mitch hatte für all das natürlich schnell eine passable Erklärung gefunden. Ein Erdbeben hatte die Insel heimgesucht, und eine vulkanische Spalte hatte sich direkt unter meiner versunkenen Stadt geöffnet. Das Zittern der Erde hatte auch die Glockenschläge ausgelöst, die ich dauernd gehört hatte. Der Druck des aus dem Erdinnern aufsteigenden Gases mußte die Gebeine der Toten an die Oberfläche gedrückt haben, so daß ich mich inmitten eines Leichenberges wiederfand, der schließlich samt der ganzen Stadt und - leider - auch dem Gold der „Estrella" im Erdinnern verglüht war, im Schlunde eines neugeborenen Vulkans.

Aber kann eine Glocke so lange Zeit unter Wasser in ihrer Aufhängung bleiben und so klar vernehmbar, so laut und so schön schlagen, nach über dreihundert Jahren auf dem Grunde der See?

Ich weiß es nicht. Aber wenn mich heute jemand fragt, was sich damals abgespielt hat, so antworte ich ihm: „Ich habe eine Stadt gesehen, in der der Tod regiert. Ich sah, wie sich vor mir das Tor zur Hölle auftat. Und ich bin der Verdammnis entronnen."

Februar 1998

Tlachtli

Das Ballspiel

Ball spielt der alte Xolotl,
Auf dem Zauberballspielplatz spielt Xolotl Ball,
Der aus dem Edelsteinlande.
Sieh ihn, man sagt, daß nunmehr der Sonnengott
Sich zur Ruh' begibt
In dem Hause des Dunkels.

Aztekisches Lied

Eines Tages fegte die Muttergöttin Coatlicue den Boden des Schlangenberges Coatepec. Da fiel ein Federball vom Himmel auf sie herab. Coatlicue ergriff ihn und steckte ihn in ihren Schoß. Als sie mit dem Saubermachen fertig war, wollte sie die Federn wieder herausholen, aber sie waren nicht mehr da. Kurz darauf wurde die Göttin schwanger. Ihre Söhne und die Tochter Coyolxauhqui waren empört. >Wehe,< rief Coyolxauhqui aus, >sie hat Schande über uns gebracht; wir müssen unsere Mutter töten!< Coatlicue bekam große Angst. Doch das Kind in ihrem Bauch, das bereits sprechen konnte, tröstete sie: >Fürchte dich nicht, ich weiß schon, was zu tun ist.< Inzwischen rüsteten sich die älteren Geschwister zum Angriff auf ihre Mutter. Die Streitordnung rückte gegen den Schlangenberg vor, angeführt von Coyolxauhqui. Da wurde das Kind geboren. Es war Huitzilopochtli, der Kriegsgott. Vom ersten Atemzug an hatte er seine Ausrüstung bei sich: Schild, Speer und das blaue Wurfbrett. Sein Gesicht war mit Streifen aus Kot bemalt, an Stirn und Ohren klebten Federn. Huitzilopochtli packte seine böse Schwester, die mit Tausendfüßlern und Giftspinnen sprechen und sich in eine Hexe verwandeln konnte. Er zerschmetterte sie und schnitt ihr den Kopf ab. Ihr Körper fiel den Schlangenberg hinunter und zersprang in kleine Stücke. Anschließend verfolgte der Gott die feindlichen Brüder und zerstreute sie in alle Winde.

Fray Bernardino de Sahagún

An diesem Morgen stieg die Sonne in feuerrotem Glanz über die Berge im Osten. Ihre ersten Strahlen trafen die Spitze der großen Tempelpyramide von Tlaxcala und zauberten glühende Lichtreflexe auf die Klinge des Opfermessers aus weißem Obsidian, welches der Hohepriester in der erhobenen Hand hielt. Ein jahrhundertealter Gesang zu Ehren des Gottes flog von seinen Lippen zum Himmel empor. Dem dunklen Eingang des Tempels hinter ihm entströmte der Duft von brennendem Räucherharz und der Geruch von Blut und Fleisch. Vor ihm, auf dem mit einer Kruste geronnenen Blutes bedeckten Opferstein, lag ein aztekischer Krieger, nackt bis auf den Lendenschurz. Vier Männer hielten seine Gliedmaßen und streckten seinen Körper, so daß seine Brust sich erhoben der tödlichen Klinge darbot. Sein Gesicht war zu einer stoischen Miene gefroren. Kein Anzeichen der Angst vor seinem qualvollen Ende war zu erkennen. Er war Bestandteil eines Ritus, der so alt war wie das gegenwärtige Weltzeitalter, so alt wie die Menschheit. Von Jugend auf war er trainiert, die härtesten Schmerzen ohne Regung des Gefühls über sich ergehen zu lassen. Die Aussicht, als Gefährte der Sonne ein seliges Leben nach dem Tode zu führen, um schließlich als Kolibri wiedergeboren zu werden, ließ ihn jeden Gedanken an die Pein vergessen. Die Schmach seiner Gefangennahme ertrug er, da er sicher war, daß seine Landsleute am heutigen Tage siegreich sein würden und für ihn viele Tlaxcalteken ihr Leben auf dem Altar des grausamen aztekischen Kriegsgottes Huitzilopochtli würden aushauchen müssen. So kam es, daß die einzige Regung auf seinem Gesicht kurz vor seinem Tode ein befriedigtes Lächeln war.

Als die Sonnenscheibe in ihrer vollen Größe über den Bergen prangte, beendete der Priester seinen Gesang. Mit kundigem Handgriff stieß er den Dolch aus vulkanischem Glas in die Brust des Kriegers und öffnete seinen Körper unterhalb des Brustbeins. Er packte das schlagende Herz mit seiner kräftigen Faust und riß es ihm aus dem Leib. Ströme von Blut sprudelten aus der Wunde des Geopferten hervor. Nicht einmal ein leises Stöhnen kam über seine Lippen, als er, sein Herz zur Sonne erhoben in der Hand des Priesters sehend, verschied.

Prinz Piltecatl, der Sohn des greisen Fürsten Xicotencatl, sollte die Truppen der Tlaxcalteken an diesem Tag gegen das übermächtige Heer des aztekischen Feindes ins Feld führen. Die ganze Nacht hatte er im Schwitzbad zugebracht, um Körper und Geist zu reinigen. Nun trat er nackt in den Kreis seiner Frauen und Diener, um sich für den Kampf kleiden und schmücken zu lassen. Man legte ihm zunächst ein Gewand aus dicker Baumwolle an, das ihn vor den tödlichen Obsidianspitzen der Pfeile und Lanzen schützen sollte. Seine Füße steckte er in Stiefel, die mit schuppenartigen Goldplättchen bedeckt waren und die goldene Krallen wie die eines Adlers trugen. Ein silberner Panzer wurde ihm über die Brust gelegt. Seine Lieblingsfrau setzte ihm den hölzernen Helm auf mit dem riesigen Raubvogelschnabel, der sein Gesicht beschattete, und der hochaufragenden Federkrone und befestigte an ihm den wallenden Federschmuck aus den grün-roten Schwingen des Quetzalvogels, der ihm über den ganzen Rücken reichte bis hinunter an die Knie. Kupferne Schienen, die hell in der Sonne funkelten, sollten seine Arme schützen, die von Federn wie Adlerschwingen geziert wurden. Xicotencatl selbst, vom Alter gebeugt, reichte seinem Sohn und Nachfolger den prächtigen Schild und das mächtige, schwere Schwert aus Holz mit den an den Kanten eingelassenen, scharfen Splittern aus schwarzem Obsidian.

„Mein Sohn," begann der Vater mit brüchiger Stimme zu sprechen, „du weißt, daß heute die Augen unseres ganzen Volkes auf dich gerichtet sein werden. Als ich noch jung war, da kannte ich eine Zeit, wo uns die Armeen der Azteken nicht so hart bedrängten und unsere Händler im Norden bis zu den Michuaquí und im Süden zu den Maya reisen durften. Aber nun haben unsere Feinde uns auf allen Seiten umzingelt, die Städte von Anáhuac sind uns verschlossen, und Axayacatl, der einstige machtgierige Tlacatecuhtli von Tenochtitlán, eroberte die Städte in unserem Rücken, versperrte unseren Händlern den Weg ins Mayaland. Unsere kampferprobten Truppen konnten zwar verhindern, daß der Feind sich unsere Stadt unterwarf und Huitzilopochtli unsere Götter niederstreckte, doch seit Jahren schon haben wir kein Salz mehr auf der Zunge geschmeckt, und die Azteken haben viele unserer Söhne als Gefangene hinweggeführt, um sie Huitzilopochtli und Tezcatlipoca zu opfern. Es ist an der Zeit, daß wir ihnen zeigen, was für Krieger wir sind, und unsere Götter mit dem Edelsteinsaft ihrer Würdenträger zu füttern. Der Anführer des feindlichen Heeres ist Moctezuma Xocoyotzin, ein mächtiger *tecuhtli*, der Neffe des jetzigen Tlacatecuhtli Ahuitzotl und zu dessen Nachfolger bestimmt. Gelingt es dir und deinen Kriegern, ihn als Gefangenen zu uns zu bringen, so ist das eine Heldentat, die uns Bewohnern von Tlaxcala auf immerdar Ruhm bringen wird und den Azteken eine nie erlöschende Schmach. Der Priester, der heute das Opfer ausführte, sagt, daß die Zeichen günstig für einen Sieg stünden. Geh also hin und siege für uns. Viel Glück, mein Sohn!"

Piltecatl ergriff die Hand seines Vaters und verbeugte sich tief vor ihm. Dann nahm er seine Waffen auf und schritt hinaus aus dem herrscherlichen Palast.

Draußen erwarteten ihn die Offiziere seines Heeres in prächtigen Rüstungen, große Federstandarten in der Form von weißen Reihern auf dem Rücken, die Feldzeichenträger mit den tierförmigen Emblemen aus Gold und Silber, den heiligen Metallen von Sonne und Mond, und die Trompeter mit den großen Muschelhörnern, denen sie beim Anblick des Prinzen einen weithin schallenden, dumpfen Ton entlockten. Piltecatls Freund und Kampfgefährte Mascacasi kam ihm auf der Treppe entgegen und begrüßte ihn mit einer leichten Verbeugung. Sie sagten kein Wort, doch als sich ihre Blicke trafen, wußten beide, daß der jeweils andere ebenso fest an den Sieg glaubte und selbst dafür zu sterben wünschte.

Der bunte Zug der Krieger trat auf Straßen, die von jubelndem Volk gesäumt waren, den Weg durch die Stadt an, um sich an die Spitze des Heeres zu setzen, das aus einfachen Handwerkern und Bauern bestand, die nur in Lendenschurze oder Baumwollhemden gekleidet waren und den Bogen oder die Lanze als Waffen trugen. Unter dem Klang der Muscheltrompeten zogen sie hinaus in die Ebene vor der Stadt, an deren Horizont sie die Männer des zahlreichen feindlichen Heeres sehen konnten.

Moctezuma war gekommen, einen Blumenkrieg zu führen. Der Blumenkrieg diente nicht der Eroberung fremder Städte, sondern nur der Beschaffung von Gefangenen, die den Göttern geopfert werden sollten. Sein Onkel Ahuitzotl benötigte Unmengen davon. Allein zur Einweihung des neuen *teocalli*, der riesigen Tempelpyramide im Herzen Tenochtitláns, die dem Huitzilopochtli und dem Regengott Tlaloc geweiht war, hatte er zwanzigtausend Männer opfern lassen. Nun kam die Zeit heran, wo er den Jahrestag seiner Thronbesteigung feiern wollte, und der grausame Charakter des alten Königs forderte auch dafür wieder Unmengen an Blut und menschlichen Herzen, um die Götter gütig zu stimmen.

Als sich das Heer der Tlaxcalteken den Feinden näherte, sahen sie Moctezuma, umgeben von seinen *tlacateccatli*, seinen Offizieren, in einer prächtigen Sänfte sitzend. Er trug eine Federkrone und einen prächtigen Federmantel, der mit Schmuckstücken aus Nephrit und Jade behangen war und auf dessen Rücken das goldene Bildnis eines Schmetterlings prangte, dem Symbol des aztekischen Kriegsgottes Itzpapalotl. In seiner näheren Umgebung standen *cuauhpipiltin* vom Orden der Jaguare - Krieger, die nicht aus den Kreisen des erblichen Adels stammten, aber aufgrund ihrer Tapferkeit zu Rittern gemacht worden waren. Sie waren in die gefleckten Felle von Jaguaren gekleidet und trugen aus den Köpfen dieser Raubkatzen gefertigte Helme. Auf den beiden Flügeln der Armee standen die einfachen aztekischen Soldaten, Männer, die ganz normale Berufe ausübten und nur im Bedarfsfalle ihr Werkzeug gegen die Waffe vertauschten, um ins Felde zu ziehen.

Zunächst traten die Heerführer im Kreise ihrer engsten Offiziere vor die Schlachtlinie, um die traditionelle Begrüßung zu zelebrieren. Moctezuma hielt es dabei nicht einmal für notwendig, aus seiner Sänfte zu steigen. Piltecatl sah ihn mit feindseligen Blicken an. Sein Wunsch, den mächtigen Azteken zum Opferstein zu führen, war übermächtig. Dabei hatten die Tlaxcalteken selten einen Sieg über ihre Feinde errungen, deren Armee ihrem Heer stets zahlenmäßig überlegen war. Doch diesmal waren Piltecatls Leute besonders gut vorbereitet. Wochenlang hatten er und seine Offiziere sich im Waffentraining erprobt, hatten Kampfspiele abgehalten, ihre Ausdauer trainiert und ihre Körper abgehärtet, um dem Gegner einen Sieg abzutrotzen. Bald würde der alte Xicotencatl nicht mehr sein, und wenn der Prinz zum Fürsten gekrönt werden würde, sollte Moctezuma sein Leben auf dem Opferstein beschließen. Dafür zogen die Männer Tlaxcalas heute in den Kampf.

Die Schlacht war eröffnet. Die Muscheltrompeten ließen das Signal zum Angriff ertönen. Mit unbewegter Miene sah Moctezuma zu, wie seine Soldaten in den tödlichen Pfeilhagel der Tlaxcalteken rannten. Bald darauf begann der Kampf Mann gegen Mann. Die Azteken trachteten danach, so viele ihrer Feinde wie möglich lebendig zu fangen, um sie während Ahuitzotls ausufernden Feierlichkeiten opfern zu können. Doch die Tlaxcalteken wehrten sich erbittert, kannten sie doch nur ein Ziel - Moctezuma selbst. Die Kämpfer um Piltecatl rannten unbarmherzig gegen die mächtige Verteidigung der Jaguarkrieger an, die dem Feldherrn der Azteken Schutz boten. Obwohl die einfachen tlaxcaltekischen Soldaten von ihren aztekischen Gegnern schnell in die Schranken gewiesen werden konnten, schlugen sich Piltecatls Männer unaufhaltsam ihren Weg nach vorn. Mit einem solch beherzten Angriff hatten die Azteken nicht gerechnet. Der Prinz hatte seinen Offizieren geraten, sich nicht in Einzelkämpfe zu verzetteln, keine Gefangenen zu machen, sondern in geschlossener Formation, Schulter an Schulter, zur Sänfte Moctezumas vorzustoßen. Ein ungewöhnlicher Vorgang in einem Blumenkrieg, wo sich doch die Tapferkeit des Einzelnen daran messen lassen mußte, wie viele Gefangene, möglichst hochstehende, er aus dem Gefecht mit nach Hause brachte. Schon war der Ring der *cuauhpipiltin* durchbrochen, und die aztekischen *tlacateccatli* griffen in den Kampf ein. Schon sah sich der Neffe Ahuitzotls gezwungen, die Sänfte zu verlassen, Schild und Schwert zu nehmen und die Tlaxcalteken zu erwarten, um Piltecatl im Zweikampf gegenüberzutreten.

Da preschte wie ein Blitzstrahl ein schöngewandeter, behender Azteke in den kämpfenden Haufen. Maseescasi, der sich ihm in den Weg stellen wollte, wurde von seinem Schwerte am Kopf getroffen und sank bewußtlos zu Boden. Der verwegene Krieger war Maxtla, der Sohn des *calpullec* Cihuac. Die Männer, die ihm folgten, zersprengten die Gruppe der tlaxcaltekischen Offiziere. Maxtla selbst stellte Piltecatl zum Zweikampf. Der Prinz, obgleich voller Verbissenheit kämpfend, war erschöpft, Maxtla dagegen ausgeruht und von frischer Kraft. Er führte die Waffen mit kundiger Hand. So ungestüm fochten sie gegeneinander, daß die Obsidianschneiden aus den Fassungen der hölzernen Schwerter splitterten und die mit Goldblech bedeckten Schilde unter den Schlägen barsten. Schließlich entfiel Piltecatls schmerzender Hand die Waffe, und entkräftet sank er zu Füßen des Azteken nieder. Maxtla fesselte ihm die Handgelenke und riß ihn hoch, um ihn vor Moctezumas Angesicht zu schleppen. Sein Gesicht glühte vor Befriedigung.

Als sie den Feldherren erreichten, der mit eigener Hand schon zwei tlaxcaltekische Offiziere niedergerungen und gefesselt hatte, wies Maxtla auf seinen Gefangenen und tönte mit stolzer Stimme: „Siehe, das ist mein geliebter Sohn!"

Piltecatl sah dem Sieger in die Augen und erwiderte niedergeschlagen: „Und das ist mein geliebter Vater."

Mit diesem rituellen Satz hatte er sich mit seiner bevorstehenden Opferung abgefunden. Schon bald sollte er selbst, und nicht Moctezuma, zum Gefährten der Sonne werden.

Mit der Niederlage des tlaxcaltekischen Heerführers war die Schlacht beendet. Gefallene gab es nur wenige, doch rund ein Viertel des tlaxcaltekischen Heeres war in aztekische Gefangenschaft geraten. Die Heimkehrenden brachten lediglich ein paar einfache aztekische Soldaten als Beute zurück. Wieder war es ein Tag der Trauer für Tlaxcala.

Auf dem langen Marsch des aztekischen Heeres zurück nach Tenochtitlán wurden Piltecatl und seine Männer mit ausgesuchter Zuvorkommenheit behandelt. Maseescasis Verletzung war nicht sonderlich schlimm, und nach kurzer Zeit schon konnte er die Sänfte, die man ihm überlassen hatte, verlassen und an der Seite seines Prinzen marschieren. Sie wurden in den *techialoyani*, den Poststationen entlang der Straße, mit den besten Speisen versorgt, aztekische Sklaven kümmerten sich um ihr Wohlbefinden, und des Nachts schliefen sie in geräumigen Zelten. Moctezuma ließ ihnen jeden Tag frische Kleidung bringen und schenkte ihnen kostbare Federmäntel.

Die Gefangenen blickten ihrem Schicksal ohne Angst und Groll entgegen. Für einen Krieger gab es nichts besseres, als im Kampf oder auf dem *tichcatl*, dem Opferstein, zu sterben, denn so würde sein Geist in das höchste aller Paradiese eingehen und müßte nicht den Weg in die dunkle und schreckliche Unterwelt Mictlan antreten. Dennoch schmerzte es Piltecatl, jetzt schon aus dem Leben scheiden zu müssen, bevor er zum Fürsten von Tlaxcala werden konnte, und es nagte an ihm, daß Moctezuma seiner Hand entkommen war. Wie gern hätte er seinem alten Vater die Freude gemacht, den hochgeborenen *tecuhtli* den Göttern ihres Volkes zum Opfer darzubringen. Denn die Götter brauchten Menschenblut, darin waren sich die Azteken und die Tlaxcalteken einig. Wenn der

Strom des Blutes versiegte, nach dem die hohen Wesen dürsteten, würde das gegenwärtige Weltzeitalter, die Fünfte Sonne, in einer Katastrophe enden so wie die vier vorangegangenen.

In Cholula, auf halbem Wege nach Anáhuac, dem Lande am Rande des Wassers, durften die Tlaxcalteken Zimmer im Hause des *petlacalcatl,* des aztekischen Provinzgouverneurs, bewohnen. Man gab ihnen hübsche Mädchen bei, um sie die Sorgen vergessen zu machen, und Maxtla selbst kümmerte sich um die Wünsche derjenigen, die er zum Opferstein führen sollte. Drei Tage blieben die Azteken in der Stadt, um sich zu erholen, und Moctezuma ließ die Hochgeborenen seiner Gefangenen, voran den Prinzen und Maseescasi, an der Tafel seiner Würdenträger speisen und vergnügte sich mit ihnen bei Spiel und Tanz. Dann brachen sie auf, der Hauptstadt des aztekischen Imperiums entgegen.

Nach einigen Tagen endlich sahen sie von einem Paß in den Bergen aus die kristallblauen Fluten des Sees von Texcoco. Für die im kargen Hochland lebenden Bewohner Tlaxcalas war es ein erhebender Anblick. Eingerahmt von hohen Bergen, beschattet vom mächtigen, mit einer Schneehaube bedeckten Vulkan Popocatépetl, lag der Spiegel des Sees unter den Strahlen der Sonne und funkelte wie ein riesiger Diamant. Umgeben war das Gewässer vom fruchtbarsten Ackerland ganz Mexicos, wie die Azteken ihre Heimat nach dem legendären Häuptling Mexitli genannt hatten. Am Ufer des Sees standen mächtige und strahlende Städte, allen voran die der Verbündeten der Mexica, das stolze Texcoco, vom Volke der Acolhua erbaut, über das einst Netzahualcoyotl herrschte, der größte Poet des Landes, und am anderen Ufer das tepanekische Tlacopan. Nicht weit von diesem erhoben sich die Mauern von Azcapotzalco, jener Stadt, welche die Azteken vor fast achtzig Jahren dem Erdboden gleichgemacht hatten. Im Norden dagegen sah man die gewaltigen Ruinen von Teotihuacán, einer längst vergangenen Stätte, die in grauer Vorzeit von Riesen erbaut worden war und wo die Götter den Lauf der Gestirne festgelegt hatten.

Doch inmitten der Wasser des Sees lag, wie ein strahlendes Juwel, Tenochtitlán, die prächtigste und größte Stadt, welche die Welt jemals gesehen hatte. Sie war auf Tausenden von künstlichen, in mühevoller Arbeit aufgeschütteten Inseln erbaut, und drei breite Dämme verbanden sie mit den Ufern des Sees, einer, der nach

Tlacopan und Azcapotzalco führte, ein weiterer in Richtung auf Tenayuca und der dritte nach Colhuacán und Mexicalzinco. Die Mauern der zahlreichen Paläste und der riesigen Pyramiden glänzten wie Edelmetall im gleißenden Licht der Sonne, so daß die Stadt erstrahlte wie ein Stern auf den kristallenen Wassern.

Piltecatl hatte viel von der legendären Stadt gehört, doch niemals war er dort gewesen oder hatte sie auch nur aus der Ferne zu sehen bekommen. Der Anblick überwältigte ihn.

Maxtla war neben seinen Gefangenen getreten.

„Ich sehe Zeichen des Staunens auf deinem Gesicht." stellte er befriedigt fest.

„Wie soll man nicht staunend stehen vor all dieser glänzenden Pracht, die eurer Hände Werk ist." versetzte der Tlaxcalteke. „Tenochtitlán blüht wie eine Blume auf dem Wasser."

„Als unser Volk nach Anáhuac kam, nach dem langen und kräftezehrenden Marsch aus unserer alten Heimat Aztlan, vor mehr als vier Umläufen des Kalenders, war dies noch eine sumpfige, kleine Insel, die nur den Fischern als Ruheplatz während ihrer Arbeit diente. Einhundertsiebenundsiebzig *xihuitl* von heute ab in der Vergangenheit verließen wir unsere damaligen Wohnstätten in Chapultepec, auf dem Berg der Heuschrecken, auf der Flucht vor dem wortbrüchigen Cocoxtli, dem Herrscher von Colhuacán. Wir flohen mit Booten auf den See hinaus und erblickten auf der Insel einen Nopalkaktus, auf dem ein mächtiger Adler saß und eine sich windende Schlange in den Klauen hielt. Unser Gott Huitzilopochtli hatte uns verheißen, daß wir unsere neue Heimat dort finden würden, wo wir dieses Bild sähen. Und sieh, was wir seitdem für ein Paradies aus dem unwirtlichen Eiland gemacht haben. Der Ruhm unserer Macht erreicht selbst die Mauern von Tzintzuntzán im Lande der Michuaquí und die Städte im Lande der Maya. Sie alle zittern vor der Stärke unserer Armeen; und ihr aus Tlaxcala seid so halsstarrig, euch uns in den Weg zu stellen und unserer Macht trotzen zu wollen. Wie lange noch wollt ihr denn ohne Salz leben?"

„Wenn es sein muß, so lange, bis wir unseren Kaufleuten den Weg zu den Salzlagerstätten mit Gewalt freigemacht haben." erwiderte Piltecatl mit fester Stimme.

„Verzeih mir diese Worte, Piltecatl, Sohn von Xicotencatl, aber ihr Tlaxcalteken seid verrückt." entgegnete Maxtla trocken und

44

wandte sich zum Gehen.

„Wärest du nicht gewesen, dann wäre Moctezuma zum Gefährten der Sonne geworden, wenn ich die Nachfolge meines Vaters als einer der vier Fürsten unserer Stadt angetreten hätte." rief ihm Piltecatl hinterher.

„Ich sag's ja: Ihr seid verrückt." vernahm er noch die Antwort des Azteken, bevor dieser im Gewimmel seines Heeres verschwand.

Sie kamen über die Dammstraße von Colhuacán her in die Hauptstadt der Azteken. In einem langen Zug mit Moctezuma und seinen siegreichen *tlacateccatli* an der Spitze, zog das Heer unter dem dumpfen Klang der Muschelhörner und dem Bum-Bum der Trommeln durch die breiten Straßen der Metropole mit ihrer halben Million Einwohnern und sonnte sich in deren Jubelrufen. Auf den Kanälen, welche die ganze Stadt wie ein Schachbrettmuster durchzogen, drängten sich die Einbäume der Händler, die mit ihren Waren von Haus zu Haus fuhren, und neugierige Menschen aus allen Ländern schauten aus ihnen heraus dem Aufzug der Soldaten hinterher. Auf den Dächern der flachen Häuser tummelten sich übermütige Jungen und begannen beim Anblick der ruhmreichen Armee, sich mit Stöcken Gefechte zu liefern, denn sie konnten es kaum erwarten, selbst als Krieger ins Feld zu ziehen.

Der Zug erreichte den von einer riesigen Menschenmenge gesäumten zentralen Platz der Stadt, vorbeimarschierend an der prunkvollen Residenz des Tlacatecuhtli, mit weiten Hallen und Korridoren und goldenem Zierrat an den Mauern, ein Bauwerk, welches über dreitausend Menschen bequem Platz bot und märchenhaft ausgestattet war mit seltenen und von weit her geholten Dingen. Westlich daneben erhob sich eine Mauer, die den *teopan*, den Tempelbezirk, umschloß und wegen der vielen aus Stein gehauenen Schlangenköpfe, die daraus hervorsprießten, *coatepantli*, die Schlangenmauer, genannt wurde. Diese Schlangenhäupter waren so meisterhaft gefertigt, daß der Betrachter unweigerlich das Gefühl bekam, sie würden sich sogleich mit Leben füllen und aus ihrem steinernen Gefängnis ausbrechen, um sich auf ihn zuzuwinden mit ihren gierig aufgerissenen Mäulern und den beängstigenden Fangzähnen, die daraus hervorragten. Unter dem ohrenbetäubenden Klang der Instrumente wälzte sich der Heerwurm durch das östliche der drei Tore auf den weitläufigen Tempelvorplatz, der beschattet wurde von der über dreißig Meter hohen Pyramide, deren Front mit der breiten und steilen Doppeltreppe nach Süden wies. Sie war den beiden Göttern Huitzilopochtli und Tlaloc, dem Herrn des Regens, geweiht, deren Tempel oben auf der Spitze, die Stadt weit überragend, nebeneinander lagen. Davor erhob sich das *tzompantli*, das Schädelgerüst, wo auf Stangen gespießt die in der Sonne gebleichten Schädel von über zweihunderttausend den Opfertod gestorbener Menschen aus allen Winkeln des Imperiums einen grausigen Anblick boten. An den Seiten der Mauer standen andere, prächtige Tempel, wie der runde des alten und weisen Gottes Quetzalcoatl, der einst aus seiner Stadt Tollan fortgezogen war über das Meer im Osten und versprochen hatte, eines Tages heimzukehren, und der des Tezcatlipoca, des blutdürstigen Gottes mit dem rauchenden Spiegel.

Südlich des großen *teocalli* aber erhob sich ein Bauwerk ganz besonderer Art. Es war der Ort des Ballspiels. Ein geräumiges Spielfeld von doppel-T-förmigem Grundriß war eingerahmt von senkrechten Mauern, auf denen sich die Tribünen der Zuschauer erhoben und die mit Reliefs von Göttern, Kriegern und Fabelwesen verziert waren. In der Mitte, in über vier Metern Höhe, waren auf beiden Seiten schwere, steinerne Ringe angebracht, durch welche die Spieler den Ball aus Kautschuk schleudern mußten. Hier fand alljährlich das große *tlachtli*-Turnier, das Ballspiel der Götter, unter den Augen des Königs, der Priester und der höchsten Würdenträger Tenochtitláns statt. Die Azteken hatten eine ausgezeichnete Mannschaft, und der wagemutige Krieger Maxtla war ihr Anführer, der beste Tlachtli-Spieler in ganz Mexico. Mehr als ein Dutzend Mal hatte er auf dem großen Platz gespielt, und immer war er siegreich geblieben. Das Spiel war hart und gefährlich, und die unterlegene Mannschaft war vom Schicksal auserkoren, den Tod auf dem Opferstein zu sterben. Keine Stadt sandte mehr freiwillig ihre Söhne zum Spiel gegen die Azteken, und so waren jene auf den Gedanken gekommen, Mannschaften aus den Gefangenen ihrer Kriegszüge oder den Geiseln unterworfener Fürstentümer zu bilden. Aus Mitgliedern der verschiedensten Stämme zusammengewürfelt, hatten diese Mannschaften nie eine Siegeschance, und ihr unvermeidliches Schicksal stand fest an dem Tage, an dem ihnen eröffnet wurde, daß sie am großen Turnier teilnehmen dürften.

Als die Armee auf dem Platze zum Stillstand gekommen war, sahen die Krieger den Tlacatecuhtli Ahuitzotl gemessenen Schrittes die große Treppe des Tempels hinabsteigen. Obwohl schon alt an Jahren, war seine Gestalt immer noch kraftvoll, sein Gesicht mit dem stoisch gleichgültigen Ausdruck von gebieterischer Härte und seine Augen scharfblickend. Sein in kostbare Stoffe gehüllter Körper war mit Gold, Silber und Jade behangen, und der prächtige Mantel aus Quetzalfedern bildete eine lange Schleppe, die er hinter sich die Stufen hinabzog. Bei seinem Anblick warfen sich die Soldaten ehrfürchtig zu Boden, die *cuauhpipiltin* sanken auf die Knie, und die Offiziere und Moctezuma selbst senkten scheu die Köpfe und wagten nicht, dem Herrscher ins Angesicht zu blicken. Nur die Tlaxcalteken blieben frech stehen und sahen Ahuitzotl ohne Scheu in die Augen, als dieser vor der Front seines Heeres stehenblieb. Er quittierte Moctezumas Begrüßung mit einem Nicken, bahnte sich dann einen Weg durch die Krieger, die vor ihm auseinanderwichen, um ihren Fürsten nicht durch eine unachtsame Berührung unrein zu machen, und hielt vor Piltecatl und seinem Freund Maseescasi, die beide stolz und übermütig, mit erhobenem Haupte, dastanden. Der Cihuacoatl, der Vizekönig der Azteken, der dem Tlacatecuhtli gefolgt war, herrschte sie mit scharfer Stimme an.

„Wollt ihr nicht niederknien vor dem Beherrscher der Mexica, wie es seinen Untergebenen geziemt?"

„Wir beugen uns nicht vor einem Herrn, dem wir nicht die Treue geschworen haben." versetzte Piltecatl ruhig. „Wir sind Untertanen meines Vaters Xicotencatl, des Fürsten von Tlaxcala. In unserer Stadt gibt es keinen *petlacalcatl* des Tlacatecuhtli von Tenochtitlán, und keine aztekischen *calpixqui*. Wir sind frei zu tun und zu lassen, was wir wollen, bis der Zeitpunkt heran ist, daß wir zu Gefährten der Sonne werden. Das ist der einzige Dienst, zu dem wir eurem Volke gegenüber verpflichtet sind."

Der Cihuacoatl, erbost ob der frechen Worte, wollte Piltecatl gerade zur Strafe mit seinem Zepter auf den Kopf schlagen, doch Ahuitzotl hielt ihn zurück.

„Du sprichst mutige Worte." sagte er zu dem Tlaxcalteken. „Meine Boten berichteten mir schon, daß du unseren Truppen einen harten Kampf geliefert hast. Dein Vater kann wahrlich stolz sein auf einen solchen Sohn. Wir Mexica pflegen nicht den Mut und die

Tapferkeit unserer Feinde zu verachten. Daher verzeihe ich dir und deinen Männern eure Frechheit."

Er warf noch einen kurzen Blick auf die beiden fremden Männer, als finde er Wohlgefallen am Bau ihrer durchtrainierten Körper, dann wandte er sich um. Mit Moctezuma wechselte er einige leise Worte, bevor er seine Sänfte bestieg und sich in den Palast bringen ließ. Moctezuma winkte einigen Kriegern, welche alle Tlaxcalteken, mit Ausnahme Piltecatls und seines Freundes, in ihre Quartiere brachten. Maxtla selbst kam, gefolgt von den Jaguarkriegern, zu seinen Gefangenen.

„Euch wird eine seltene Ehre zuteil." verkündete er lächelnd. „Der mächtige Tlacatecuhtli Ahuitzotl hat beschlossen, daß ihr beide beim großen *tlachtli*-Turnier gegen uns antreten sollt. Du, Piltecatl, sollst der Anführer der Mannschaft sein." Er zögerte einen Moment, um die Wirkung seiner Worte auf dem Gesicht des Prinzen ablesen zu können. Doch dessen Miene blieb unbewegt und ausdruckslos. „Ich freue mich, noch einmal gegen dich kämpfen zu können." fügte Maxtla hinzu, mit unverhohlener Bewunderung für Piltecatls kriegerisches Können in der Stimme.

„Man sagt, du hast schon oft gespielt und bist niemals geschlagen worden." erwiderte dieser, wobei er sein Gegenüber nicht ansah, sondern den Blick unverwandt auf die Spitze der Tempelpyramide gerichtet hielt, dem Ort, an dem er selbst geopfert werden sollte.

„So ist es." bestätigte der Azteke. „Andernfalls wäre ich nicht mehr am Leben. Dort oben" - er wies mit der Hand auf das imposante Bauwerk – „hätte ich mein Herz an die Götter verloren, wie jeder, der beim großen *tlachtli* unterliegt."

„Dann werde ich dich schlagen." verkündete der Prinz mit einer Stimme voll unerschütterlichem Selbstvertrauen.

Maxtla sah ihn bestürzt an.

„Du bist wirklich verrückt, Tlaxcalteke. Am Morgen der Schlacht hast du dich zu dem Gedanken verstiegen, Moctezuma als Gefangenen heimzuführen. Du hast gesehen, daß der Wille allein nicht ausreichend ist, ein solch gewagtes Unternehmen zum Erfolg zu führen. Und nun tust du solch eine Äußerung, ohne überhaupt die Männer zu kennen, mit denen du spielen wirst. Es gibt keine bessere Mannschaft als die von Tenochtitlán."

„Als ich Moctezuma gefangennehmen wollte, so ging mein Streben dahin, den Azteken vor Augen zu führen, wie es ist, wenn einer ihrer Hochgeborenen von ihren Feinden geopfert wird, so wie es mein Volk Tag für Tag erleben muß. Mein Vorhaben ist fehlgeschlagen, das stimmt. Aber wenn ich die Chance bekomme, mein Ziel auf anderem Wege zu erreichen, dann werde ich alles daransetzen, es zu tun. Wenn ich das *tlachtli* gewinnen muß, um einen *pilli* der Azteken unter dem Obsidiandolch sterben zu sehen, dann werde ich gewinnen - wenn die Götter mir beistehen."

Maxtla war sichtlich beeindruckt von der zuversichtlichen Stimmung, in der sich Piltecatl befand. Dennoch schüttelte er den Kopf, als er dessen Worte vernahm, denn es schien ihm unmöglich, daß ein aus Gefangenen verschiedener Stämme, die nie zuvor zusammen gespielt hatten, bestehendes Team seinen durchtrainierten Männern mit einer Siegesaussicht gegenübertreten konnte. Aber er konnte nicht umhin, Piltecatls Betragen zu bewundern. Es gehörte viel dazu, das Unmögliche zu versuchen.

„Wie du meinst, Prinz von Tlaxcala." entgegnete er. „Vielleicht bedenken die Götter dich mit ihrem Segen. Die *cuauhpipiltin* werden euch in euer Quartier führen, wo ihr die anderen Mitglieder eurer Mannschaft sehen werdet und ein reichhaltiges Abendessen für euch bereitsteht. Viel Glück."

Damit wandte er sich ab und ging davon. Die beiden Tlaxcalteken folgten den schweigsamen Kriegern in den Jaguarfellen. Man führte sie zu einem Einbaum, mit dem man sie zu einer Häusergruppe ruderte, die wie eine Insel mitten in der Stadt lag, denn sie war auf allen Seiten von Kanälen umgeben, über die keine Brücken führten. Als die Gefangenen an Land gegangen waren, kamen ihnen einige Diener und Dienerinnen entgegen, während die Krieger sich verabschiedeten und zurückfuhren.

Die Azteken gaben sich nicht viel Mühe mit der Bewachung der Gefangenen. Die Bewohner der umliegenden Häuser würden sofort Alarm schlagen, wenn einer von ihnen den Kanal durchschwimmen sollte, genauso die Dienerschaft, die ihnen zugeteilt war. Doch an Flucht verschwendete Piltecatl ohnehin keinen Gedanken. Er war zum Gefährten der Sonne bestimmt, und wer vor diesem Schicksal davonlief, der verlor seine Ehre auf immer. Dieser Schmach würde sich kein Krieger aussetzen wollen.

Die Diener führten sie durch einen weiten Korridor mit steinernen, von Bildnissen des Itzpapalotl und der Gefiederten Schlange Quetzalcoatl bedeckten Säulen ins Innere der palastähnlichen Anlage. Rings um einen offenen Hof waren unter schattigen Arkaden die Eingänge zu den einzelnen Zimmern ihrer Quartiere zu sehen. Die Einrichtung entsprach dem spartanischen Mobiliar jedes aztekischen Heims. Auf gemauerten Bänken lagen Bastmatten als Unterlage zum Schlafen und Sitzen, und darüber waren Decken aus feinster Baumwolle gebreitet. Geflochtene Truhen dienten der Verstauung der persönlichen Gegenstände. Die Badeanlagen in der Nähe jedoch zeigten jeden Komfort, den ein Einwohner Tenochtitláns sich wünschen konnte. Es gab große Becken mit klarem, frischem Süßwasser, das direkt vom großen Aquädukt stammte, welches das Quellwasser von Chapultepec über den See vom fünf Kilometer entfernten Ufer heranbrachte. Kostbare Öle und Duftessenzen standen bereit, Schwämme aus dem Ozean und Reisigbündel dienten der Körperpflege. Auf einem Ofen über glühenden Kohlen konnte in großen Kupferkesseln jederzeit heißes Wasser zum Bade bereitet werden. Gleich nebenan befand sich ein geräumiges Schwitzbad. Die beiden Tlaxcalteken nutzten gerne die Gelegenheit, sich den Staub der Reise vom Körper zu spülen, wobei ihnen junge, hübsche Aztekinnen behilflich waren, die kein Hehl daraus machten, daß sie den Männern auch für alle anderen Bedürfnisse dienstbereit zur Seite stünden. Die zum Opfertod bestimmten sollten sich nicht wie Gefangene fühlen, sondern sich als hohe Gäste betrachtet vorkommen, und ihre Unterbringung entsprach dem Dienst, den sie den aztekischen Göttern zu leisten hatten. Wie luxuriös auch immer ihr Leben in den letzten Wochen ihres irdischen Daseins scheinen mochte, es war doch nichts im Vergleich zu den Genüssen, welche sie im Paradies der Sonne erwarten sollten.

Als sie sich gereinigt hatten, führten die Diener sie in eine große Halle, wo eine reichgedeckte Tafel für sie bereitstand. Auf großen Tellern hatte man frischgebratenes Truthahn- und Hundefleisch angerichtet, in Bechern wartete köstliches *chocolatl* auf sie, jenes mit Vanille gewürzte Getränk aus den Samen des Kakaobaumes, der unter der tropischen Sonne des Küstengebietes wuchs. In Maisblätter gewickelte *tamalli*, gekochte Klöße aus Maismehl mit einer Füllung von Fleisch und Rosinen, standen in üppiger Menge ebenso bereit wie große Kuchen aus den Algen des Texcoco-Sees, die wie Käse schmeckten, Schalen voll von duftendem Obst und frischem Gemüse, eine grüne Creme, bereitet aus der *ahuacatl*-Frucht, Schüsseln mit Kaulquappen sowie ein Gelee aus Mückeneiern und geröstete Larven von großen Wasserkäfern. Und dazwischen, glitzernd wie Kristall, in einem Napf aus farbenfroh bemalter Keramik, eine überreichliche Menge an Salz, jenem kostbarsten aller Gewürze, welches die Tlaxcalteken in der Zeit der aztekischen Belagerung so lange hatten missen müssen.

Die beiden Männer nahmen Platz, und die schweigsamen Diener begannen ihre Teller nach ihren Wünschen zu füllen. Maseescasi schien alle Sorgen des Lebens vergessen zu haben, als er dem köstlichen, in einer nie gekannten Üppigkeit bereiteten Mahle zusprach. Nur Piltecatls Miene sah nicht so aus, als könnte all das sein Herz erfreuen.

„Warum machst du ein solch dunkles Gesicht?" fragte ihn der Freund denn auch. „Ich weiß, daß du dem Opfertode nicht mit Furcht entgegenblickst, sondern mit Erwartung, wie es einem Krieger geziemt. Bis dahin werden wir die auserwählten Gäste unserer Feinde sein, und weder an Speis oder Trank noch an hübschen Mädchen wird es uns fehlen, bis sich unsere Geister auf Adlerschwingen hinauf zur Sonne erheben, ins höchste aller Paradiese. Daher solltest du dich des Lebens freuen und nicht so eine Trauermiene zur Schau stellen."

„Wenn ich auch ein glückliches Ende finden werde, so wird dies doch die Sorgen meines Vaters nicht aus der Welt schaffen, noch wird es die Zwänge beheben, unter denen mein Volk zu leiden hat." versetzte der Prinz.

„Was erwartest du? Dein Schicksal ist bestimmt, du kannst ihm nicht mehr entfliehen. Wir haben getan, was in unserer Macht stand. Alles weitere liegt nun bei den Göttern."

„Hast du das *tlachtli* vergessen?" fragte ihn Piltecatl scharf.

„Es ist ein Aufschub für uns, aber keine Möglichkeit, dem Opfertode zu entrinnen. Hast du vergessen, daß niemand die Azteken besiegen kann?"

„Warum nicht? Auch sie sind nur Menschen. Das Spiel wird in drei mal zwanzig Tagen stattfinden. Für uns also genug Zeit, um unsere Stärke und Geschicklichkeit zu trainieren und ihrer Mannschaft den Sieg abzutrotzen."

„So hast du also ernst gemeint, was du Maxtla im *teopan* gesagt hast?" fragte Maseescasi verwirrt. „Ich glaubte, du wolltest ihn nur reizen. Wir beide haben oft Ball gespielt, doch noch nie unter den harten Regeln in einem Spiel der Götter. Und wer werden unsere Mitstreiter sein? Sicherlich genauso unerfahrene Spieler wie wir. Maxtla und seine Männer dagegen trainieren zu jeder Zeit, und sie haben bislang jedes Spiel gewonnen. Man sagt, Maxtla hätte in seinem Leben schon dreiundzwanzig Ringe geworfen. Und hast du gesehen, wie hoch die Ringe am *tlachtli*-Platz vor der großen Pyramide angebracht sind? Du kannst mir nicht erzählen, daß du glaubst, in der Lage zu sein, den Ball dort hindurch schleudern zu können."

„Ich sagte doch, ich muß es erst üben. Wir müssen alle Zeit nutzen, die uns noch bleibt, und können uns nicht dem Wohlleben widmen, wie die Mexica dies von uns wollen."

„Oh nein, ich möchte nicht auf all die Genüsse verzichten, um einem Sieg hinterherzujagen, den wir niemals erringen können." wehrte Maseescasi ab. „Du weißt, ich bin dein Gefährte gewesen in allen Dingen, die du von mir verlangt hast, aber hier ist genug. Maxtla hat recht; was du vorhast, ist verrückt."

„Nein." beharrte Piltecatl ruhig. „Ich weiß es. Wir können siegen, wenn wir wollen!"

„Ihr wollt das *tlachtli* gewinnen?" tönte plötzlich eine fremde Stimme in ihrem Rücken. Sie sprach das Nahuatl, die Sprache der Azteken, nicht rein, sondern in einem merkwürdig weichen Dialekt, und sie klang überaus ungläubig.

Die beiden Tlaxcalteken wandten sich um und sahen einen fast nackten Mann vor sich, der nur seine Scham mit einem Wolltuch bedeckt hatte. Sein Körper wirkte gedrungen, doch unter der Haut gewahrten sie mächtige Muskelpakete, wie sie sie noch bei keinem anderen gesehen hatten. Auch sonst machte der Fremde einen wahrhaft furchteinflößenden Eindruck. Sein Kopf war unnatürlich langgezogen, so daß sein Hinterhaupt beinahe einem spitzen Kegel glich, ein Zeichen dafür, daß man seinen Schädel schon als Säugling deformiert hatte, um ihn einem unbegreiflichen Schönheitsideal anzunähern. Sein Haar war kurz bis auf einen langen, dünnen Zopf, der ihm auf den Rücken zwischen die breiten Schultern fiel. Seine Hände waren groß und wirkten im Gegensatz zu seiner Körpergröße wie die Pranken des gefürchteten Jaguars, des unbarmherzigen Jägers der nachtdunklen Wälder. Durch seine Nasenscheidewand war ein Goldröhrchen gezogen, in dem auf beiden Seiten bunte Kolibrifedern steckten, und seine Zähne waren spitz zugefeilt und schwarz gefärbt. Die Haut an seinem ganzen Leib war mit ausufernden Tätowierungen bedeckt, die man mit roter und schwarzer Farbe mittels spitzer Dornen in einem wohl tagelangen, schmerzhaften Martyrium angefertigt hatte.

Ohne eine Antwort abzuwarten, ließ sich der fremde Krieger mit untergeschlagenen Beinen an der Tafel nieder, und die Diener füllten auch ihm den Teller. Er verschmähte offenbar die feinen Köstlichkeiten und hielt sich an Hundefleisch und *tamalli*, die er mit großem Genuß und unter grunzenden Lauten regelrecht verschlang. Angewidert von seinen mangelhaften Tischsitten verzog Maseescasi die Mundwinkel.

„Mein Name ist Piltecatl, ich bin der Sohn des Fürsten Xicotencatl von Tlaxcala, und dies ist mein Freund und Kampfgefährte Maseescasi." stellte sich der Prinz vor. „Wie ist dein Name?"

„Balam." meinte der andere kurz angebunden, ohne von seinem Mahle aufzuschauen. Seinem Dialekt nach war er kein Chichimeke, vielleicht ein Mann vom Volke der Maya.

„Von welchem Stamm bist du?" vergewisserte sich der Prinz, dem die Unhöflichkeit des anderen nicht sonderlich gefiel.

„Huaxteca." knurrte Balam, den Mund voller Maiskloß.

Maseescasi sprang entrüstet auf.

„Meint der Tlacatecuhtli Ahuitzotl vielleicht, er kann uns erniedrigen, indem er uns zwingt, unsere Tafel mit diesem Barbaren zu teilen?" rief er zornig. „Ich bin ein Tlaxcalteke, vom großen Volk der Chichimeca wie die Azteken auch. Niemand darf von mir verlangen, meine Behausung mit einem huaxtekischen Hund zu teilen, der frißt wie ein Tapir!"

Balam schaute zu ihm auf, doch sein Blick wirkte nicht zornig, sondern eher teilnahmslos.

„Geh, wenn du willst, keiner zwingt dich, hier mit mir zu essen." verkündete er in stoischer Ruhe und sprach weiter dem Mahle zu, als wäre nichts gewesen.

„Beruhige dich, Maseescasi." mahnte ihn sein Freund. „Er ist sicherlich einer von unserer Mannschaft, daher teilt er unser Quartier."

Piltecatl zog den Gefährten, der nur widerwillig nachgab, zurück auf seinen Platz. Das Essen schien ihm gründlich vergangen.

Der Huaxteke schüttete sich einen Becher voll *chocolatl* in die Kehle, daß der braune Trank ihm die Mundwinkel herunterlief, dann schaute er die beiden mit einem schelmischen Grinsen an.

„Gewinnen wollt ihr das *tlachtli*? Ihr Hänflinge, die ihr nicht einmal den Ball in die Luft werfen könnt! Seht her!" Er streckte den Arm aus und spannte seine beeindruckende Muskelpracht an. „So muß man aussehen, wenn man Maxtla besiegen will."

„Was bedeutet dein Name in unserer Sprache?" wollte Piltecatl wissen, ohne auf die Prahlerei einzugehen.

„Balam ist das Tier, das ihr *ozelotl* nennt, der Jaguar." fauchte der Huaxteke und entblößte sein schwarzes Raubtiergebiß. „Gebt mir fünf von meinen Stammesbrüdern, und wir spielen die Azteken in Grund und Boden. Aber mit euch…" Er winkte resigniert ab. „Ich bin kein Freund der aztekischen Methode, Männern das Herz aus dem Leib zu reißen. Aber in unserem Falle bleibt mir das Ritual wohl nicht erspart, und ich muß für den Rest der Ewigkeit die Sonne als Kolibri umflattern. Und außerdem, wenn ihr die anderen gesehen habt, dann verliert ihr bestimmt jede Hoffnung auf Sieg."

„Welche anderen?"

„Den Tolteken, ein Geschenk des Königs von Colhuacán an Tecuhtli Ahuitzotl, diesen glubschäugigen Wassermolch, und den Glatzkopf vom Pátzcuaro-See. Der eine stolziert in Frauenkleidern umher, spielt den ganzen Tag Flöte und redet mit den Blumen im Garten, und der andere liegt faul in seiner *hamaca*, denkt nur an die Weiber und redet den ganzen Tag übers Fischen."

„Dann sind wir fünf." stellte Piltecatl fest. „Zu einer *tlachtli*-Mannschaft gehören aber sechs Spieler."

„Wer weiß, wen die Azteken uns noch anschleppen. Vielleicht sogar ein Weib." tönte Balam. „Schlimmer würde es die Sache auch nicht mehr machen. Selbst wenn alle Götter von Kukulkán bis Itzamná uns beistehen, mit euch Vieren ist an Sieg nicht zu denken."

„Zum *tlachtli* spielen gehören nicht nur Muskeln, Balam," rechtfertigte sich Piltecatl wütend, „sondern auch Geschicklichkeit."

„Und Schnelligkeit!" fiel Maseescasi ein.

Der Huaxteke verzog keine Miene, während er schmatzend das köstliche Fleisch von einem Hundeknochen abnagte.

„Piltecatl, du magst geschickt sein. Maseescasi, du schnell. Ich selbst bin stark. Der Tolteke kann Flöte spielen und der Michuaquí Fische fangen. Was unser sechster Mann können wird, das wissen die Götter. Aber," er hob den Zeigefinger, „jeder in der aztekischen Mannschaft ist stark, schnell und geschickt zugleich. Ich habe ihnen beim Training zugesehen. Selbst wenn sie nicht zu ihrer Höchstform auflaufen, können sie uns haushoch schlagen."

Piltecatl lutschte nachdenklich an einer Kaulquappe herum.

„Balam, ich glaube, du würdest genauso gerne gewinnen wie ich. Und wenn du die richtigen Männer um dich hättest, dann würdest du auch nicht so pessimistisch sprechen und mit Freuden für das Spiel trainieren." redete er in beschwörendem Ton auf den anderen ein. „Jeder von uns hat seine besonderen Fähigkeiten, die er beim Turnier an der richtigen Stelle einsetzen muß. Wenn wir jeden Tag hart üben, werden wir am Tag der Entscheidung außerdem viel gewappneter sein, als wir es jetzt sind. Du als huaxtekischer Krieger bist doch ohnehin kein Freund des Wohllebens, und wie ich euch kenne, geht euch körperliche Ertüchtigung über alles. Also laß uns trainieren, jeden Tag, jede Stunde - und mit etwas Glück schaffen wir es."

Balam starrte sinnend vor sich hin.

„Und wenn es nur ist, um Ahuitzotls dämliches Gesicht zu sehen, wenn sie Maxtla opfern." raunte er. „Schon das wäre es wert. Einverstanden! Von morgen an werden wir trainieren wie die Verrückten. Zwölf Stunden Übung, zwei Stunden für die Mahlzeiten und das Bad, und zehn Stunden Schlaf." tönte es von seinen Lippen. „Glaubt ihr, ihr haltet das durch, Tlaxcalteken?"

Mit einem Kopfschütteln erhob sich Maseescasi von der Tafel.

„Verzeih mir, Piltecatl. Aber wenn du vorhast, die letzten Wochen unseres irdischen Daseins wie ein Opossum durch die Gegend zu hetzen, einer fixen Idee hinterher, die ganz von dir Besitz ergriffen und deinen Verstand benebelt hat, dann muß ich dir die Treue versagen. Trainiert ihr beiden, wenn ihr wollt, ich werde mein Leben genießen und die Freuden, die mir diese Gefangenschaft noch bereithält. Ich bin nicht so verrückt, an etwas zu glauben, was die Götter nicht bestimmt haben."

„Maseescasi, Freund, warte!" rief der Prinz bestürzt, doch der andere verließ den Raum, ohne sich umzuwenden.

„Mit den anderen wird es dir genauso ergehen." meinte Balam in seiner typisch teilnahmslosen Art. „Horch, da kommt der Tolteke."

Tatsächlich näherten sich von draußen her, wo der Garten lag, die lieblichen Klänge einer Flötenmelodie. Sie kroch die hallenden Korridore entlang, durchzog das ganze Gebäude mit ihren reinen, klaren Tönen, die einst ein Verliebter in einer von den Göttern gesegneten Stunde ersonnen hatte, um sich das Herz seiner Liebsten geneigt zu machen. Wenn er sie ebenso kunstfertig gespielt haben mochte, wie der Tolteke es tat, dann hatte er sein Ziel höchstwahrscheinlich auch erreicht. Das vollendete Spiel des wohlklingenden Instrumentes wurde zusehends lauter, bis der Urheber des musischen Genusses selbst in der Halle stand. Als er den Fremden an der Tafel sitzen sah, unterbrach er das Musizieren und deutete eine leichte Verbeugung an.

„Mein Name ist Xochipilli." säuselte er mit weibisch klingender Stimme. „Ich stamme aus Colhuacán und bin vom Volke der Tolteca. Darf ich erfahren, wer du bist?"

Piltecatl musterte sein Gegenüber genau. Der Tolteke war noch sehr jung an Jahren und hatte ein hübsches Gesicht mit träumerischen, großen Augen, denen er durch den Gebrauch von schwarzer Schminke einen noch tieferen, entfremdeten Ausdruck verliehen hatte. Er trug einen prächtigen Kopfputz aus Federn und Blüten, und sein Körper, der zur Fettleibigkeit neigte, war in kostbare und bunt gefärbte Stoffe gehüllt. Einen sehr sportlichen Eindruck machte er keineswegs.

Piltecatl stellte sich vor und fügte mit Nachdruck hinzu: „Ich bin der Anführer der Mannschaft."

„Sehr schön." murmelte Xochipilli und strich dem anderen mit einer fast zärtlichen Geste über die braungebrannten Schultern. „Ein stattlicher Krieger bist du. Ihr aus Tlaxcala müßt starke Krieger sein, da ihr den Mexica so lange standgehalten habt."

„Es gibt wohl keine Krieger in Colhuacán?" fragte Balam in

provozierendem Ton.

„Halt den Mund, Barbar." versetzte Xochipilli gekränkt und setzte sich nah zu Piltecatl. „Da freut man sich auf ein köstliches Mahl, und dann muß man jeden Abend die Tafel mit solch einem unzivilisierten Individuum teilen. Da kann einem glatt der Appetit vergehen."

„Balam mag ein Huaxteke sein, aber er ist ein guter Spieler." lenkte der Prinz ein. „Wir brauchen Männer wie ihn, wenn wir gegen Maxtla siegen wollen."

Der Tolteke, der sich gerade mit spitzen Fingern einen gegrillten Frosch in den Mund geschoben hatte, verschluckte sich bei diesen Worten und bekam einen heftigen Hustenanfall. Als er sich beruhigt hatte, sah er Piltecatl mit großen Augen an.

„Wer sagt, daß wir siegen sollen?" fragte er bestürzt.

„Ich." erwiderte der Tlaxcalteke standhaft.

„Ich habe noch niemals vorher *tlachtli* gespielt." erwiderte Xochipilli. „Sieh mich an. Wie, glaubst du, soll ich die harte, schwere Kugel durch die Luft schleudern? Ich finde, es reicht, wenn wir eine gute Figur machen und unseren guten Willen zeigen, wie es üblich ist bei diesem Turnier. Dem Opfertode entrinnen wir ja doch nicht."

„Du läßt dir wohl gerne das Herz aus dem Leibe reißen?" brauste Balam auf.

„Jawohl." tönte Xochipilli mit Überzeugung. „Weil ich als Kolibri von früh bis spät von Blüte zu Blüte schweben werde und ihren Nektar kosten darf. Ich werde ihre Sprache noch besser verstehen, und sie werden mir bereitwilliger ihre Erlebnisse berichten."

„Du redest mit den Blumen?" fragte Piltecatl erstaunt.

„Ich hab's dir ja gesagt." grunzte Balam.

„Ja, ich rede mit den Blumen." bekräftigte Xochipilli, ohne auf den Huaxteken zu achten. „Ich habe ihre Sprache gelernt, als ich noch ein Kind war, und sie berichteten mir viel über ihre erstaunliche Welt. Sie sind so zarte und friedvolle Geschöpfe, die keine Ränke und keine Sorgen kennen, die nur lichte Gedanken haben und in allumfassender Liebe schwelgen. Deswegen reden sie nicht gerne mit uns Menschen, denn sie halten uns für böse und dunkel. Für sie sind wir barbarische Wesen, weil wir nicht sein können, ohne zu töten; sie aber tun niemandem etwas Schlechtes, sie sind das reinste und gütigste, was auf der Welt existiert."

„Und diese liebreizenden Geschöpfe pflückst du und steckst sie dir ins Haar, wo sie dahinwelken müssen." versetzte Balam.

„Sie haben sich mir geschenkt." rechtfertigte sich der Tolteke, wütend über das Unverständnis des anderen. „Ich pflücke nur die Blumen, die mir sagen, daß sie meines Haares Schmuck sein wollen. Denn die Welt und alles, was darin existiert, mit ihren Farben und ihrer zauberhaften Pracht zu schmücken, das ist der höchste Zweck, nach dem sie streben."

„Aber wie kannst du mit Geschöpfen reden, die stumm sind?" begehrte der Prinz zu wissen, der nicht recht wußte, ob Xochipilli nun verrückt war oder ob er Fähigkeiten besaß, die ihm zu Höherem gereichten.

„Sie reden nicht mit einer Stimme zu mir, denn eine solche besitzen sie nicht. Sie sprechen mit ihren Gedanken. Ihre Worte formen sich erst in meinem Kopf, und ich antworte ihnen auf eben diese Weise, indem ich meine Sprache in die Sprache der Gedanken übersetze. Niemand kann es hören, wenn wir uns unterhalten."

„Haben denn die Blumen so viel Interessantes zu berichten? Sie stehen doch den ganzen Tag am selben Ort, wo sie zu blühen beginnen und auch wieder dahinwelken. Nie kommen sie fort von ihrem Platze, etwas anderes zu sehen als das täglich wiederkehrende, das sich dort ereignet."

„Blumen müssen doch nicht auf Reisen gehen, um ihr Wissen zu mehren." ereiferte sich Xochipilli und sah den Unwissenden fast mitleidig an. „Sie leben von der Kraft der Sonne, ihre Gedanken folgen ihr auf dem Wege durch die vier Teile der Welt, und sie haben Teil an allen Geheimnissen Tonatiuhs, dem nichts verborgen bleibt auf dieser Welt. Daher könnten wir so viel von ihnen lernen, wenn wir es nicht vorziehen würden, uns stets und ständig die Schädel einzuschlagen."

„Dann frage deine Blumen beim nächsten Mal, was sie davon halten, daß Ahuitzotl uns in ein Spiel sendet, das wir nicht gewinnen können, um uns die Herzen zu stehlen und mit unserem Blut ihre gierigen Götter zu füttern." riet ihm Balam.

„Quetzalcoatl, der Gott unserer alten, glorreichen Stadt Tollan, verabscheute die Menschenopfer, und deswegen wurde er außer

Landes gejagt. Aber die Azteken glauben, wenn ihre Götter umsonst nach Edelsteinsaft dürsten, dann wird die Fünfte Sonne untergehen. Die Blumen sind da zwar anderer Meinung, aber die Azteken werden nicht leicht davon abzubringen sein."

„Die Götter werden ihr Blut erhalten. Aber diesmal werden sie mit Aztekenblut gefüttert." beharrte Piltecatl.

Xochipilli erhob sich, wobei er wie unabsichtlich den Prinzen mit seinem Körper streifte. Er nahm eine der Schalen mit sich und steckte sich beim Hinausgehen eine Kaulquappe in den Mund.

„Wenn es euch Vergnügen bereitet, meine Krieger, so kämpft." schloß er.

„Du wirst uns nicht unterstützen?" fragte Piltecatl.

„Ich habe nichts gegen meine Opferung einzuwenden." erwiderte der Tolteke lakonisch.

„Und der Michuaquí - wo ist der jetzt überhaupt?"

„Auf dem See, zum Fischen. Frag ihn morgen, wenn er zurück ist." Damit war auch er verschwunden.

Niedergeschlagen sah der Prinz in Balams ehrfurchtgebietendes Gesicht.

„Wenn du aus diesem Haufen eine Mannschaft machst, dann kannst du Wunder vollbringen." meinte dieser.

„Dann werde ich ein Wunder vollbringen. Gute Nacht, Balam."

Als er das Portal des Speisesaales hinter sich gelassen hatte, trat ein zierliches Mädchen mit schüchtern gesenkten Augen in seinen Weg.

„Mein Name ist Cocoton" hauchte sie. „Der große Tlacatecuhtli hat mich zu deiner Gefährtin bestimmt. Du kannst nach Belieben über mich verfügen."

Beim Anblick ihrer lieblichen Schönheit huschte endlich wieder ein Lächeln über sein Gesicht. Er faßte sie zärtlich beim Handgelenk und zog sie mit sich in sein Quartier.

Am nächsten Morgen besuchte Piltecatl den großen Markt im Stadtteil Tlatelolco. Er wurde begleitet von einem Jaguarkrieger, der heute allerdings nicht seine Rüstung, sondern die normale aztekische Alltagstracht trug, und einem Sklaven aus dem Haushalt der Gefangenen, einem Wilden aus dem Norden, der nur schlecht das Nahuatl sprach.

Tlatelolco verdankte seine Entstehung einem Bruderzwist, der dreizehn Jahre nach der Gründung Tenochtitláns das Volk der Mexica in zwei Lager spaltete. Die Abtrünnigen besiedelten ihre eigene Insel, gründeten ihre eigene Stadt. Obwohl die Männer Tlatelolcos ihre Brüder von der Nachbarinsel im Kampf gegen die Fürsten des Seeufers unterstützten, spitzten sich die gespannten Beziehungen der beiden Städte zu und endeten in offener Feindschaft. Es war Tlacatecuhtli Axayacatl, der Vater Moctezumas, der die Abtrünnigen schließlich unterwarf, den König Tlatelolcos tötete und den rivalisierenden Ort zu einem Stadtteil Tenochtitláns machte. Die große Prunkstraße, die Verlängerung des südlichen Dammweges, an welcher der große *teocalli* gelegen war, führte direkt, über eine große Brücke, ins Zentrum Tlatelolcos mit seiner Tempelpyramide neben dem Palast des ehemaligen Königs und dem zu ihren Füßen gelegenen Marktplatz.

Dieser war ohne Zweifel der größte, den es im ganzen Lande gab, und nie hatte Piltecatl in seinem belagerten Tlaxcala so viele erlesene Waren auf einem Flecken gesehen. Auf dem an drei Seiten von Arkaden eingefaßten, riesigen Platze kamen an Markttagen wie heute an die dreißigtausend Menschen zusammen, ein bunt zusammengewürfelter Haufen von Vertretern aller Stämme, die den Azteken Untertan waren oder mit ihnen befreundet. Ein Heer aztekischer *pochteca*, denen keine Reise zu lang oder zu schwierig, kein Weg zu weit oder zu gefährlich war, wagte sich bis an die Grenzen der zivilisierten Welt, in die rauhen Berge und heißen Wüsten des Nordens, in die undurchdringlichen Urwälder des Südens vor, um die Einwohnerschaft Tenochtitláns mit allem zu versorgen, was es in diesen Ländern zu finden gab. Der Markt war in einzelne Viertel unterteilt, in denen sich jeweils die Händler mit besonderer Profession unter sich befanden. Es gab Viertel für die Gold- und Silberschmiede, für Edelsteinhändler und Juweliere; an anderen Stellen des großen Platzes wurden Feder- und Webarbeiten angeboten, Geschirr und anderer Hausrat, Fleisch, Gemüse, Blumen und vieles andere mehr. Auch einen Sklavenmarkt gab es, wo nicht nur Frauen und Männer feilgeboten wurden, sondern auch Kinder jeglichen Alters, deren Schicksal es in den meisten Fällen war, bei rituellen Feierlichkeiten geopfert zu werden. Wenn man nicht Tauschhandel betrieb, dann bezahlte man seine Waren mit

Goldstaub oder Kakaobohnen, einem Zahlungsmittel, das bis ins Mayaland hinein Gültigkeit besaß.

Piltecatl hatte nicht vor, irgendetwas zu kaufen, denn ihm als zukünftigem *quauhtecatl* wurde ohnehin kaum ein Wunsch verwehrt; nur für die liebliche Cocoton kaufte er eine kostbare Halskette am Stand eines Juweliers. Er war hier, um den sagenhaften Reichtum der großen Metropole mit eigenen Augen zu sehen; und was er sah, ließ ihm schier die Augen übergehen. Aufgrund der Armut seiner Heimatstadt, bedingt durch den jahrzehntelangen, erbitterten Kampf mit den mächtigen Azteken, war er nicht an einen solchen Luxus gewöhnt, wie er ihm hier präsentiert wurde.

Ziellos streiften Piltecatl und sein Begleiter, der Jaguar, durch das Gewühl der schmalen Gassen zwischen den Verkaufsständen. Der Sklave ging ihnen voraus, um den Weg freizumachen und den beiden Adligen unangenehme Berührungen mit dem gemeinen Volk zu ersparen, das ohnehin ehrfurchtsvoll und neugierig zu den beiden Kriegern aufblickte. Unverhofft gerieten sie auf den Fischmarkt, wo selbst Tiere der beiden Ozeane angeboten wurden, in Eilmärschen und gekühlt mit dem Eis der höchsten Gebirgsgipfel oder konserviert in Salz nach Anáhuac gebracht. An einem Stand, an dem Fischernetze und Angelzubehör verkauft wurden, fiel dem Tlaxcalteken ein Mann auf, den der Jaguar offenbar kannte, denn er zog ihn zu diesem hin. Der Fremde, gekleidet in ein schlichtes Baumwollhemd, hatte kein einziges Haar auf seinem Kopf. Zwei junge, hübsche Mädchen standen an seiner Seite, er hatte seinen Arm um die Schultern der einen gelegt, die andere schmiegte sich zärtlich an ihn.

„Ich habe gestern Nacht drei Stunden mit einem riesigen Fisch auf dem See draußen gekämpft," redete der Glatzkopf ärgerlich auf den Händler ein, „und ich hätte ihn schließlich auch besiegt, wenn deine schlechte Angelschnur nicht gerissen wäre. Entweder gibst du mir jetzt die fünf Kakaobohnen zurück, die du mir für die wertlose Ausrüstung abgenommen hast, oder - bei unserem Gott Curicáveri - ich schlage dir den Schädel ein!"

Der Jaguar legte ihm beschwichtigend die Hand auf die Schulter.

„Tariácuri, du wirst doch nicht wegen fünf Kakaobohnen einen Mord begehen."

„Mir geht es nicht um die Kakaobohnen, sondern um

Gerechtigkeit." donnerte der andere. „Ich hätte einen Riesenfisch fangen können, wie du ihn auf diesem Markt hier nirgends erblicken wirst, und der da hat alles verdorben."

„Aber sieh doch, Herr," meinte der schlotternde Verkäufer und hielt dem Jaguar ein Knäuel seiner Angelschnur hin, „sieh selbst, daß meine Ware vollkommen in Ordnung ist!"

Jetzt war es der Jaguar, der wütend wurde.

„Sehe ich denn aus, als würde ich etwas vom Fischen verstehen?" herrschte er den Verkäufer an im Ton eines Adligen, dessen Stolz verletzt wurde.

„Verzeih, Herr!" stieß der unglückselige Händler hervor und schien vor Schreck ein Stück zu schrumpfen.

„Ach, jetzt ist es doch ohnehin egal." lenkte Tariácuri ein, dessen Zorn verraucht war. „Der Fisch ist weg. Ihr Azteken versteht halt nichts vom Fischen, darum gibt es bei euch auch nur minderwertige Ausrüstung."

Bei Piltecatl dämmerte es langsam, daß er es bei dem leidenschaftlichen Angler vor ihm mit dem Michuaquí zu tun hatte, der Mitglied seiner Mannschaft war. Nur bei den Bewohnern der Gegend um den Pátzcuaro-See war es Sitte, sich die Kopfhaut gänzlich kahlzurasieren.

„Soso." brummte der Michuaquí, immer noch mißmutig über den verlorenen Fang der vergangenen Nacht, nachdem der Prinz sich vorgestellt hatte. „Unser Anführer also. Daß mein Name Tariácuri ist, hast du ja schon gehört. Ich gehöre zum Volk der Purepecha, die Azteken nennen uns Michuaquí. Meine Heimatstadt ist Tzintzuntzán, die Hauptstadt unseres Landes, am Pátzcuaro-See."

Sie schlenderten zurück zum Ausgang des Marktes, wo ihre Sänften auf sie warteten. Piltecatl nötigte den Michuaquí, mit ihm in der seinen Platz zu nehmen.

„Ich habe einiges mit dir zu besprechen, was nicht für die Ohren unseres aztekischen Freundes bestimmt ist." begann der Tlaxcalteke, als sie auf der breiten Straße wieder in Richtung Süden unterwegs waren.

Sein Gesprächspartner nickte, zum Zeichen, daß er auf seine Verschwiegenheit rechnen konnte.

„Ich will das *tlachtli*-Turnier gewinnen." sagte Piltecatl kurz, aber bestimmt.

Der Michuaquí lächelte.

„Ich sehe, über euch Tlaxcalteken erzählt man sich die Wahrheit. Ihr seid mutig und entschlossen. Aber seid ihr so gute Ballspieler, daß ihr es wagen könnt, Maxtla gegenüberzutreten mit Siegesgedanken im Kopf?"

„Es wird reichen." erwiderte der Prinz trocken.

„Ich kann nicht spielen." gab Tariácuri zu. „Und Xochipilli, die schwachsinnige Schwuchtel, auch nicht. Schließlich ist Ahuitzotl nicht so dumm, eine Mannschaft guter Spieler auf seine Lieblinge loszulassen. Wenn du nicht für drei spielen kannst, sind unsere Siegeschancen gleich null."

Piltecatl nickte mit ernster Miene. Der Einwand war berechtigt, aber so leicht ließ sich kein Tlaxcalteke entmutigen.

„Wir könnten trainieren. Immerhin ist noch genug Zeit bis zum Spiel."

„Wenn man richtig *tlachtli* spielt, läuft man Gefahr, sich alle Knochen zu brechen. Und obwohl mir der Opfertod winkt, will ich mich nicht zum Krüppel schlagen lassen, ohne eine Aussicht auf Sieg. Und eine solche haben wir nicht."

„Willst du denn nicht die einzige Chance nutzen, an die Ufer deines Pátzcuaro-Sees zurückzukehren und wieder Fische zu fangen?"

„Wir haben keine Chance, Piltecatl, und wenn dein unmögliches Vorhaben dir nicht derart zu Kopf gestiegen wäre, dann würdest du das auch sehen. Ich werde fischen gehen, solange ich noch die Vorzüge meiner überaus komfortablen Gefangenschaft genießen kann. Dann werde ich spielen, wie die Azteken es verlangen, und nicht so, daß ich mir alle Rippen breche, denn ich will aus eigener Kraft die Tempelpyramide besteigen und nicht hinaufgetragen werden müssen."

Damit war für ihn der Fall erledigt, und er sprach kein Wort mehr. In Piltecatl begann die Hoffnung zusammenzubrechen, den Erzfeinden die so ersehnte Niederlage wirklich beibringen zu können. Was sollte er mit einer Mannschaft, die weder trainieren wollte noch gewillt war, das Spiel für ihn zu gewinnen, denn ausrichten?

Hinter der Brücke nach Tlatelolco stieg Tariácuri wieder in seine eigene Sänfte, in welcher seine beiden Gefährtinnen warteten, und Piltecatl blieb, seinen trüben Gedanken nachhängend, allein zurück. Neben der Sänfte lief, hochaufgewachsen und hager, mit durchtrainierten, muskulösen Beinen, der Sklave. Der Prinz fühlte sich auf einmal unheimlich einsam inmitten dieser großen, fremden Stadt, die ihm den Tod bereithalten sollte und in deren Mauern er scheinbar keinerlei Hilfe zu erwarten hatte. Interessiert betrachtete er das Gesicht des Dieners. Die Azteken hatten ihn gefangen, hatten ihn seiner Familie entrissen und den ehemals Freien zum Sklavendienst an fremden Herren gezwungen. Und trotzdem strahlte seine Miene keinen Haß, keine Unzufriedenheit aus, sondern eine gleichmütige Ruhe, und seine Augen funkelten in bescheidener Zufriedenheit. Wieviel Leid mochte dieser Mann ertragen haben, und mit wieviel Gleichmut begegnete er ihm. Piltecatl konnte sein eigenes, persönliches Leid gewiß genauso gut ertragen wie jener, nicht aber das Leid seiner Vaterstadt Tlaxcala, seiner hungernden Bewohner, der Mütter und Väter, die ihre Kinder auf den Plattformen der aztekischen Pyramiden geopfert wußten. Er hatte vor dem Tode keine Angst, und wenn es auch der qualvolle auf dem Opferstein war, aber er konnte sich nicht den Genüssen des Lebens hingeben, solange er an das belagerte Tlaxcala denken mußte, und er hätte es sich nie verzeihen können, wenn er irgendetwas unversucht gelassen hätte, was dieser Stadt und ihren Bewohnern zur Ehre gereicht hätte.

Es mußte einen Weg geben, das *tlachtli* zu gewinnen!

Plötzlich erschrak er. Er öffnete den Beutel, den er an seiner Seite trug, er blickte im Innern seiner Sänfte umher - wo war der Schmuck, den er Cocoton hatte schenken wollen? Hatte er ihn verloren, war er bestohlen worden? Angestrengt versuchte er sich zu erinnern, und er kam zu dem Ergebnis, daß er ihn gar nicht erst in seinen Beutel gesteckt hatte. Er war wohl so mit seinen Gedanken beschäftigt gewesen, daß er ihn beim Händler hatte liegenlassen.

Sie waren schon wieder in Tenochtitlán, aber er wollte nicht mit leeren Händen zu ihr zurückkehren, sie mußten umkehren und die Kette holen. Sofort beugte er seinen Kopf aus der Sänfte und rief den Trägern zu, sie sollten ihn zurückbringen. Doch gleich darauf überlegte er es sich wieder, denn der Weg war doch nicht unbeträchtlich, und die Fortbewegung in der Sänfte nicht eben schnell. Er wandte sich an den Sklaven.

„Du kannst dich an den Juwelier erinnern, bei dem ich eine Kette kaufte?"

Der Angesprochene nickte.

„Ich glaube, ich habe sie dort liegenlassen. Ich möchte, daß du zurückläufst und sie holst. Wenn sie doch nicht dort sein sollte, soll der Händler dir eine ebensolche verkaufen, ich werde dir Goldstaub mitgeben."

Der Diener nahm mit einer Verbeugung den Beutel, den Piltecatl ihm reichte und der mit Goldstaub gefüllte Federkiele enthielt, und wandte sich um, nach Tlatelolco zurückzulaufen.

Es dauerte nicht lange, und die Sänften hatten den Kanal erreicht, hinter dem sich Piltecatls komfortables Gefängnis befand. Der Jaguar verabschiedete sich höflich, und der Prinz wollte gerade das Kanu besteigen, daß ihn hinüberbringen sollte, als der Sklave im Laufschritt hinter einer Mauerecke hervorkam.

„Ich habe dich doch nach Tlatelolco geschickt!" rief der Prinz wütend. „Hast du mich nicht verstanden?"

Verwirrt und im Gefühl, zu unrecht getadelt worden zu sein, erhob der Sklave die Augen zu seinem Herrn und holte die Halskette aus dem Beutel.

„Ich in Tlatelolco gewesen." radebrechte er zu seiner Verteidigung.

Ungläubig starrte Piltecatl ihn an.

„Du bist gerannt, den ganzen Weg?" fragte er. Es kam ihm unglaublich vor, denn der Sklave atmete ruhig und schwitzte kein bißchen, obgleich die Sonne heiß brannte an diesem Tag.

„Rarámuri gute Beine haben." erwiderte der Gefragte mit einem scheuen Lächeln und reichte dem Prinzen den Beutel mit dem Schmuckstück und dem Goldstaub.

„Ist das dein Name - Rarámuri?"

„Name meines Volkes, Mexica sagen Tarahumara. Wohnen weit im Norden. Mein Name Yacaro."

Der Sklave hatte offensichtlich noch Schwierigkeiten, das Nahuatl richtig zu sprechen, und suchte oft nach den richtigen Worten. Von einem Volk mit dem Namen Tarahumara hatte Piltecatl noch nie gehört.

„Wie bist du nach Anáhuac gekommen?" begehrte der Prinz zu

wissen.

Yacaro war offensichtlich verwirrt darüber, daß der hohe Herr seiner unwichtigen Person so viel Interesse entgegenbrachte. Er redete in schüchternem Ton weiter.

„Unsere Nachbarn, hinter Gebirge, kriegerische Yaqui. Fingen mich, machten mich zu Sklave. *Pochteca* von Tenochtitlán mich kaufen, herbringen, vor fünf Monden."

„Du bist ein guter Läufer." stellte Piltecatl anerkennend fest.

„Alle Rarámuri gute Läufer." meinte Yacaro. „Das kommt von Ballspiel."

Jetzt wurde der Prinz hellhörig.

„Ihr spielt *tlachtli*?" vergewisserte er sich.

Doch der andere schüttelte scheu den Kopf.

„Nicht wie Mexica." Er überlegte, wie er dem Herrn in seinen mangelhaften Worten klarmachen konnte, wie die Tarahumara Ball zu spielen pflegten. „Sonne läuft ruhelos über Himmel, von Auf- zu Untergang." begann er. „So muß Ball ruhelos laufen, ohne Pause. Läufer muß Ball mit Fuß vorantreiben, ganzen Tag."

„Du meinst, ihr lauft, einen Ball vor euch hertreibend, von Sonnenauf- bis Sonnenuntergang durch die Gegend, ohne Unterbrechung?" Piltecatls Stimme klang ungläubig.

Yacaro nickte, zufrieden, daß der Prinz ihn verstanden hatte.

„Niemand kann ohne Pause einen ganzen Tag lang rennen." warf der ein. „Nicht einmal die besten Läufer von Tlaxcala können das. Sie würden erschöpft umfallen nach einem halben Tag."

„Rarámuri können." beharrte Yacaro.

„Und du wärst bereit, das zu beweisen?"

Der Tarahumara nickte stolz.

Während sich Piltecatl zum Haus hinüberrudern ließ, versank er in tiefe Nachdenklichkeit. Aber das Gefühl der Hilflosigkeit begann von ihm zu weichen. In seinem Kopf begann sich ein Plan zu formen, wie er sein Ziel doch noch erreichen konnte. Beim Abendessen in der Halle fehlte er, dafür unterhielt er sich lange in seinem Quartier mit dem Tarahumara. Am Ende dieses Gespräches war er durchaus zufrieden, und Cocoton wunderte sich, warum ihr Gefährte so glücklich wirkte, als er sich schließlich zu ihr legte.

Am nächsten Tag bekam Maxtla überraschend eine Einladung zum

66

Abendessen im Quartier der gegnerischen Mannschaft. Nichtsahnend begab er sich am Ende des Tages in seiner Sänfte auf den Weg. Piltecatl hatte alle seine Männer zum Mahle versammelt, aber keiner außer Balam ahnte seine wahren Beweggründe. Das Mahl war wie immer reichhaltig und köstlich, und die Unterhaltung zwischen den ungleichen Gästen trotz aller versteckter Feindschaft zwanglos und freundlich. Selbst Balam hielt sich mit seinen provokanten Äußerungen zurück, schätzte er Maxtla doch ebenso als guten Krieger wie die beiden Tlaxcalteken, die diesem ihre Gefangennahme zu verdanken hatten.

Der Abend war schon fortgeschritten, als Piltecatl wie nebenbei auf Yacaro wies, den er vorher gebeten hatte, beim Mahl zu servieren, und zu Maxtla sagte: „Dieser Mann vom Volke der Tarahumara erzählte mir erstaunliche Dinge über sich und seine Landsleute."

„Der Mann ist ein Barbar, weit aus dem Norden, dort, wo es keine Städte und Tempel gibt, wo die Menschen keine Schrift kennen und nicht verstehen, ein großes Volk zu regieren. Was soll er interessantes zu berichten haben?" wiegelte Maxtla verächtlich ab.

„Sie sind hervorragende Sportler, vielleicht bessere Sportler, als hier in Tenochtitlán zu finden sind." entgegnete Piltecatl, die Fäden seines Netzes webend, den Azteken und seine eigenen Mannschaftskameraden darin zu fangen.

„Du hast dir unsere Sportler nur noch nicht genau angesehen. Du solltest uns einmal beim Training zuschauen." erwiderte Maxtla.

„Und trotzdem bin ich mir sicher, ihr alle könnt nicht, was er kann." meinte Piltecatl lächelnd.

„Spann mich nicht auf die Folter." verlangte der Azteke, neugierig geworden. „Was kann der Barbar?"

„Er kann rennen, und zwar von Sonnenauf- bis Sonnenuntergang, ohne Pause." klärte ihn Piltecatl auf.

Maxtla belächelte ihn milde.

„Der Mann hat dir einen Waschbären aufgebunden. Niemand hält eine solche Strapaze durch."

„Ich glaube ihm. Er sieht ehrlich aus, und warum sollte er mich belügen?" versetzte Piltecatl.

Balam war der einzige, der in seinen Plan eingeweiht war. Nun begann er, die ihm zugedachte Rolle zu spielen.

„Ich bin Maxtlas Meinung. Wir Huaxteken sind die wohl sportlichsten Krieger zwischen den beiden Ozeanen, aber eine solche Tortur kann keiner von uns überstehen. Der Mensch ist nicht dazu geschaffen, mehr als sechs Stunden ununterbrochen zu laufen; und was Huaxteken nicht können, kann dieser Sklave da auf keinen Fall. Er will sich nur wichtig machen."

Yacaro war gar nicht wohl zumute, die anderen so über ihn sprechen zu hören, doch er hielt sich scheu im Hintergrund.

„Wir könnten ihn den Beweis antreten lassen." schlug Piltecatl vor. „Lassen wir ihn einen Tag lang die Prunkstraße zwischen dem großen *teocalli* von Tenochtitlán und dem Marktplatz von Tlatelolco Runde für Runde hin und her laufen. Wenn er aufgibt oder in Schrittempo verfällt, bevor das Tageslicht der Dunkelheit der Nacht weicht, gebe ich zu, daß er gelogen hat."

Maxtla fand Gefallen an diesem Vorschlag. Er war, wie die meisten seiner Landsleute, ein Freund solcher sportlichen Veranstaltungen, und obgleich er nicht an den Erfolg des Tarahumara glauben mochte - zu phantastisch erschien es ihm, daß ein Mensch eine solche Leistung zu erbringen vermochte, die nicht einmal die aztekischen Postläufer zustande brächten - hätte er diesem Versuch gerne zugeschaut.

„Ich verwette meine ganze Habe, daß er es nicht schafft." tönte Balam.

„Ich nehme die Wette an." erwiderte Piltecatl zuversichtlich. Das Netz war ausgeworfen.

„Was wärest du bereit, zu setzen?" fragte Tariácuri interessiert.

Piltecatl überlegte einen Augenblick. Mit Schätzen konnte er die Todgeweihten sicherlich nicht mehr locken, doch er kannte ja inzwischen ihre Schwächen. Er mußte ihnen etwas bieten, was ihnen die Zeit bis zur Opferung versüßen konnte.

„Es gibt eine Menge sehr hübscher Mädchen bei uns in Tlaxcala. Hübschere, glaube ich, als selbst in Tenochtitlán zu finden sind."

„Das glaube ich ja nun gar nicht." warf Maxtla ein.

„Wie dem auch sei, ich biete zehn tlaxcaltekische Jungfrauen für jeden, der gegen mich wetten möchte." schlug Piltecatl vor.

„Abgemacht." rief der Michuaquí begeistert.

„Was ist mit dir, Maseescasi?"

„Ich glaube nicht an den Tarahumara. Ich wette gegen ihn. Aber ich verlange nichts von dir, falls du verlierst, denn es gibt nichts, was du mir bieten könntest, was von Nutzen für mich wäre. Ich wette um meiner Ehre willen."

Piltecatl lächelte zufrieden.

„Und du, Xochipilli?"

„Warum sollte ich wetten? Es gibt nichts, was ich von dir verlangen könnte." meinte dieser.

Der Prinz erhob sich, ging zu ihm hinüber und beugte sich an sein Ohr hinab.

„Wir könnten - falls ich verliere - zusammen auf den Sklavenmarkt gehen, und dort kaufe ich dir die hübschesten Knaben, die wir finden, egal, wie teuer sie sind." flüsterte er leise.

Xochipillis Miene hellte sich auf.

„Ich schlage ein." rief er begeistert. Doch nach einem kurzen Augenblick des Zögerns meinte er: „Aber ich habe nichts, was ich als Wetteinsatz geben kann, der einen Prinzen befriedigen könnte."

„Niemand hier, außer Maxtla, hat etwas, was mein Herz erfreuen könnte." warf Piltecatl ein. „Aber ihr könnt etwas tun für mich, falls ich die Wette gewinne - ihr könnt mir als Anführer der Mannschaft die Treue schwören, meinen Befehlen gehorchen, nach meinen Anweisungen hart trainieren und das Wohlleben dafür aufgeben und letztendlich - ihr könnt für mich das *tlachtli* gewinnen!"

Xochipilli schluckte. Das waren harte Bedingungen, aber dem Risiko stand auch ein hoher Preis gegenüber. Und es war noch lange nicht gesagt, daß der Sklave die in ihn gesetzten Erwartungen erfüllen würde. Ebenso wie der Tolteke sann auch der Michuaquí über die merkwürdige Wette nach. Ihm dämmerte, daß Piltecatl von Anfang an darauf aus gewesen war, sie alle in diesem Netz zu fangen, um ihren Widerstand gegen seinen Plan, das Turnier zu gewinnen, endgültig zu brechen. Darum zögerte er, die Wette anzunehmen, obgleich er fast sicher an seinen Sieg glaubte. Aber es ging immerhin um zehn hübsche Jungfrauen, die ihm das Leben bis zur Opferung unglaublich versüßen konnten. Er wandte sich an Maxtla.

„Und du glaubst wirklich, der Tarahumara wird diesen Lauf nicht gewinnen?" vergewisserte er sich.

Auch Maxtla hatte den Prinzen inzwischen durchschaut. Doch einerseits wollte er nicht zugeben, daß der Sklave ein besserer

Sportler als die Azteken sein könnte, andererseits pflegte er mit Begeisterung zu wetten.

„Selbst wenn er in seiner Heimat ein solch guter Läufer gewesen ist," warf er deshalb ein, „was ich keineswegs für erwiesen halte, so muß man doch bedenken, daß er seit seiner Gefangennahme nicht mehr in der Lage war, seine Fähigkeiten zu trainieren. Ich bin mir fast sicher, daß er der Herausforderung nicht gewachsen ist, und nehme die Wette gerne an."

„Dann werde ich es auch tun." entschloß sich Tariácuri, und auch Xochipilli schlug ein.

„Was kann ich dir als Einsatz bieten?" fragte Piltecatl den Azteken.

„Du bist Prinz von Tlaxcala, und sehr viele Männer hören auf deinen Befehl. Mich würde es freuen, wenn ich unserem Tlacatecuhtli zehn stattliche Krieger zum Geschenk machen könnte, die er unseren Göttern darbringen kann. Glaubst du, dein Volk wäre bereit, eine solche Gabe zu stellen?"

Tlaxcalas hübscheste Jungfrauen und seine tapfersten Krieger war Piltecatl ohne Zögern bereit zu opfern, um seinen wahnwitzigen Plan zur Ausführung zu bringen.

„Wenn ich mir den Siegespreis ebenso selbst aussuchen darf." entgegnete er.

„Es sei dir gestattet."

Piltecatl zögerte einen Moment. Er warf einen kurzen Blick auf Yacaro, der ihm unsicher zunickte. Wenn er versagen sollte, war für den Prinzen alles verloren.

„Ich verlange nicht viel." begann Piltecatl. „Ich möchte die Möglichkeit haben, mit meinen Männern täglich für das Turnier zu trainieren, und ich will, daß der Tarahumara in meine Mannschaft aufgenommen wird."

„Du hast den Gedanken, uns zu schlagen, nach wie vor nicht aufgegeben." stellte Maxtla lächelnd fest. „Ich muß die Einwilligung des Tlacatecuhtli einholen. Morgen sage ich dir Bescheid."

„Einverstanden." Piltecatl reichte ihm die Hand.

Als Ahuitzotl von der merkwürdigen Wette erfuhr, konnte er nicht anders, als in laut schallendes Gelächter auszubrechen, so daß die ihn umstehenden Höflinge verwundert zu ihm aufsahen, denn sie waren es nicht gewohnt, seine greise, versteinerte Miene in solcher Fröhlichkeit aufgelöst zu sehen.

Moctezuma, der sich beim Herrscher aufhielt, konnte dessen Heiterkeit nicht teilen.

„Piltecatl ist ein äußerst kluger Mann. Er wird dieses Wagnis nicht eingehen, ohne sich des Sieges gewiß zu sein." wagte er einzuwerfen.

Noch immer lachend, sah der Tlacatecuhtli ihn an.

„Sieg? Gegen die Mannschaft von Maxtla? Das ist lächerlich. Oder bist du anderer Meinung?" wandte er sich an seinen Mannschaftsführer.

Maxtla schüttelte den Kopf.

„Selbst wenn wir ihn trainieren lassen, was kann er denn aus seinen Leuten machen? Weder Xochipilli noch Tariácuri haben je *tlachtli* gespielt. Der Huaxteke mag gut sein, und Piltecatl und sein Freund ebenso, doch sie haben keine Chance gegen unsere Männer. Und daß der Tarahumara den Lauf gewinnt, wage ich stark zu bezweifeln. Der Prinz greift nach einem Strohhalm, der zu schwach ist, ihn zu tragen."

„Da hörst du es." meinte Ahuitzotl zu Moctezuma. „Worüber machst du dir eigentlich Sorgen?"

„Ich mache mir Sorgen wegen Piltecatls starkem Willen." entgegnete sein Neffe.

„Was vermag der menschliche Wille gegen den Willen der Götter?"

„Ich würde es für richtig halten, den Orakelpriester zu befragen."

„Meinst du, die Götter könnten uns den Sieg versagen?"

„Ich will nur sicher sein."

„Und ich vertraue auf Maxtla und seine Mannschaft. Außerdem bin ich begierig darauf zu sehen, was an dem Gerede des Tarahumara-Sklaven wahr ist, ob sein Volk wirklich solch großartige Leistungen vollbringen kann. Dann könnten wir einige seiner Landsleute bewegen, nach Anáhuac zu kommen und uns als Postläufer zu dienen."

„Willst du einen Rat von mir annehmen?"

„Wenn es ein vernünftiger ist."

„Wenn der Tarahumara den Lauf gewinnen sollte, halte ich es

für eine gute Idee, eine große Menge *octli* in das Quartier von Piltecatls Mannschaft zu bringen." schlug Moctezuma vor.

„*Octli* ist etwas für alte Männer und Priester. Warum gibst du mir einen solchen Rat?"

„Weil betrunkene Männer nicht trainieren können." erwiderte Moctezuma lächelnd.

Der Tlacatecuhtli faßte seinen Neffen scharf ins Auge.

„Das ist eine gute Idee." antwortete er. „Ich sehe, dein Scharfsinn ist meinem Nachfolger, dem zukünftigen Herrscher über Tenochtitlán, nur allzu würdig. Ich freue mich, den Stamm der Mexica in guten Händen zu sehen, wenn die Götter mich dereinst zu sich rufen. Und nun bereite alles für den Lauf vor. Es ist eine Gelegenheit, den Göttern wieder ein Fest zu geben."

Es wurde in der Tat ein Fest für Tenochtitlán. Das ganze Volk war in Kenntnis gesetzt worden von der großen Herausforderung, der der einfache Sklave eines weit entfernt lebenden Stammes sich stellen wollte und auch von der Wette, die Maxtla mit Piltecatl abgeschlossen hatte.

Der Lauf sollte im *teopan* beginnen, zu Füßen der großen Doppelpyramide, und hierher waren schon lange vor Sonnenaufgang die Priester und hohen Würdenträger gekommen, die dem Ereignis beiwohnen wollten, allen voran Ahuitzotl, der Tlacatecuhtli, und Moctezuma, die unter einem Baldachin vor der halbrunden Pyramide des Quetzalcoatl Platz genommen hatten, inmitten ihres Hofstaates, der Diener und Sklaven, die sie den ganzen Tag über umsorgen sollten. So gespannt waren die Einwohner Tenochtitláns auf die seltsame sportliche Veranstaltung, daß schon vor dem Start die flachen Dächer der Häuser und Paläste längs der breiten Prachtstraße mit Menschen dicht besetzt waren. Am entgegengesetzten Ende der Strecke, in Tlatelolco, fand heute kein Markt statt, und der ganze weitläufige Platz wimmelte ebenfalls von Zuschauern. Nur wenige hielten den Läufer einer solchen Herausforderung für gewachsen, und unter den Azteken kursierten alle möglichen Wetten, wie viele Stunden er die Anstrengung wohl durchhalten möge, und nur eine kleine Zahl von ihnen wagte es, auf Sieg zu setzen.

Piltecatl war noch nervöser als der Tarahumara selbst. Unruhig stand er, umringt von den anderen seiner Mannschaft, am Startplatz, und immer mehr beschlichen ihn Zweifel. Er spielte ein mehr als gewagtes Spiel, um seinen Willen durchzusetzen, und sollte er es verlieren, stand seinem Volk noch mehr Schmach und Schande nach dem ohnehin entwürdigenden Ritual des Blumenkrieges bevor; er selbst, der Hüter seines Volkes, würde seine eigenen Leute in Sklaverei und Tod führen. Niemand in den Mauern seiner Heimatstadt würde ihm dies jemals verzeihen, obgleich man sich dem Sohne des ehrwürdigen Xicotencatl ohne Zweifel fügen würde. Der Opfertod wäre dann für ihn wahrlich der einzige Ausweg, einem Leben mit dieser Schande zu entfliehen.

Yacaro schien der einzige, an dem die ganze Aufregung scheinbar spurlos vorüberging. Er hatte sich schon vor Stunden durch Turnübungen auf den Lauf vorbereitet und seine sehnigen Glieder aufgewärmt und gelockert, und seine grenzenlose Selbstsicherheit ausstrahlende Miene ließ keinen Zweifel daran aufkommen, daß er fest an sich selbst glaubte und eine Niederlage für unmöglich hielt. Piltecatl wünschte sich, einiges von dieser Sicherheit mochte auch auf ihn übergehen, und trotz der stoischen, gefühllosen Haltung, die er zur Schau stellte, nagte die Unsicherheit schmerzvoll an ihm. Vor allem, da Maseescasi, der den Wetteinsatz des Prinzen für einen Verrat an seinem Volke hielt, sich von ihm fernhielt und es schien, daß im Falle einer Niederlage ihre Freundschaft unweigerlich ein Ende gefunden hätte.

Der Zeitpunkt des Beginnes rückte immer näher. Yacaro trank noch einige Schlucke kühlen Wassers und stellte sich dann auf das Startmal, um das Zeichen des Priesters abzuwarten, der oben auf der Pyramide stand und das Aufgehen der Sonne am östlichen, rotglänzenden Horizont erwartete. Das immense Interesse, das die ganze Stadt plötzlich dem unbedeutenden Sklaven entgegenbrachte, begann diesem zu schmeicheln, und die Tatsache, daß er mit diesem Lauf und der Hilfe Piltecatls in der Lage sein würde, bald sein geliebtes Heimatland wiederzusehen, ließ sein Herz sich mit Freude füllen und gab ihm Mut für die schwere Prüfung, die vor ihm lag. Denn sollten sie das *tlachtli*-Turnier tatsächlich gewinnen, dann winkte auch ihm die Freiheit, die er schon unwiederbringlich verloren geglaubt hatte.

Als der glänzende Rand der morgendlichen Sonnenscheibe

endlich hinter den Bergen auftauchte, hallte der Klang von Muscheltrompeten durch die ganze Stadt, und die Menschen, die sehnlichst auf den Beginn des Spektakels gewartet hatten, brachen in Jubel aus. Yacaro lief leichtfüßig los, durch das östliche Tor des *teopan* hinaus, der Straße zwischen der Schlangenmauer und dem herrscherlichen Palast folgend und dann einschwenkend auf die breite, sorgfältig mit Steinpflaster ausgelegte und von Tausenden von Menschen gesäumte Magistrale, die nach Tlatelolco führte.

Piltecatl, dem nichts zu tun blieb als zu warten, wie der Tag zu Ende gehen würde, zog sich unter den Baldachin zurück, der für ihn und seine Mannschaftskollegen aufgestellt worden war und wo die Diener ihnen ein Frühstück vorsetzten. Während Balam, wie stets, unbekümmert sich den Bauch füllte, konnte er nicht den kleinsten Bissen anrühren, so setzte ihm die Ungewißheit zu.

Der näherkommende Jubel der Zuschauer zeigte ihnen bald an, daß der Tarahumara auf dem Rückweg von Tlatelolco war. Bald tauchte er im westlichen Tor des *teopan* auf, lief vorbei am grausigen Anblick des Schädelgerüstes, deutete im Lauf vor dem Tlacatecuhtli und seinem Neffen eine leichte Verbeugung an und lächelte Piltecatl schließlich siegessicher zu, bevor er aus dem östlichen Tor wieder entschwand, genauso leichtfüßig und mit ungebrochener Kraft wie vorher. Als der Prinz die Zeit überschlug, die Yacaro für die Strecke benötigt hatte, stellte er fest, daß dieser noch annähernd dreißig Runden würde laufen müssen, bevor der Tag sich neigte, und Beklemmung schnürte ihm den Hals zu.

Nachdem Yacaro zum zweiten Mal, ohne Anzeichen von Ermüdung, den *teopan* gekreuzt hatte, gesellte sich Maxtla zu dem Tlaxcalteken und lud ihn ein, dem Lauf vom Gipfel des großen *teocalli* zuzuschauen.

Langsam stiegen sie die einhundertvierundzwanzig Stufen hinauf zu der Plattform, auf der nebeneinander die Heiligtümer des Kriegs- und des Regengottes standen. Die Treppe war blutverkrustet von den Leibern der hinabgestoßenen *quauhtecatl*, ebenso die Opfersteine, die vor den Tempeleingängen standen. Als Piltecatl neugierig in den Tempel des Huitzilopochtli hineinlugte, gewahrte er vor dem riesigen, furchteinflößenden Standbild des Gottes aus glänzend poliertem schwarzen Basalt vier noch frische Menschenherzen. Für ihn war dieser Anblick nichts Neues, denn

74

auch die Tlaxcalteken brachten ihrem Gotte Camaxtli die Herzen ihrer Opfer dar. Aber als er sich umschaute und hinunterblickte auf den Platz vor der Pyramide, erwartete ihn ein erschreckender, grausamer Anblick.

Zu Füßen des Tempels war eine große, kreisrunde Platte aus hellem Stein in den Boden eingelassen mit einem Reliefbildnis darauf, das man in seiner Gesamtheit nur von hier oben erkennen konnte. Es stellte eine furchtbar verstümmelte Frauenfigur dar. Ihr Körper lag unnatürlich verrenkt da, ihre Arme und Beine und der Kopf waren abgetrennt, aus den Wunden ragten die Enden der Knochen hervor. Sie trug einen Totenschädel am Gürtel, und ihr Leib war von Schlangen umwunden. Ihr Gesicht zeigte einen grauenhaft realen Ausdruck von Schmerz, und ihr Mund war geöffnet zu einem stummen Schrei.

„Das ist Coyolxauhqui, die Schwester Huitzilopochtlis." klärte ihn Maxtla auf. „Eines Tages gab es einen Krieg zwischen den beiden, das war lange, bevor Menschen auf der Erde existierten. Ihre Armeen trafen am Berg Coatepec aufeinander. Huitzilopochtli stieß seine Schwester vom Gipfel herab, so daß ihr Körper unten zerschellte. Damit war er der Herr der Götter geworden. Sie war das erste Opfer für ihn, und seit er sie tötete, dürstet ihn nach Blut. Unsere Tempel sind Nachbildungen des Coatepec, und wie Coyolxauhqui wirft man die Geopferten die Treppe hinab, nachdem man ihnen das Herz genommen hat."

Auch Piltecatl kannte die alten Überlieferungen der Chichimeca, und obwohl die Tlaxcalteken nicht zu Huitzilopochtli beteten, der ein Gott der Azteken war, ähnelten sich ihre Religionen im Grunde genommen sehr. Bevor die Menschen ihrer Art entstanden waren, gab es vier Zeitalter, die alle in einer Katastrophe untergingen. Im ersten Zeitalter lebten Riesen auf der Erde, die Erbauer des mächtigen Teotihuacán, die eines Tages von furchtbaren Jaguaren zerfleischt wurden. Die Menschen des zweiten Zeitalters wurden von Wirbelstürmen vernichtet, nur einige überlebten, die sich in Affen verwandelten. Das dritte Zeitalter ging durch Feuer zugrunde, nur die konnten sich retten, die sich in Vögel verwandelten. Eine gewaltige Sintflut vernichtete die Menschen des vierten Zeitalters, die sich in Fische verwandelten. Nach jedem Zeitalter wurde die Sonne getötet und erstand wieder auf, weshalb man die einzelnen

Ären auch als Sonnen bezeichnete. Nun lebten sie im Zeitalter der Fünften Sonne. Auch dieses würde einmal enden, und um das zu verhindern, fütterte man die Götter mit Blut. Wenn die Himmlischen kein Blut mehr bekämen, dann mußte eine Katastrophe über die Erde hereinbrechen. Es war ein schrecklicher Fluch, unter dem die Menschen standen, die ihr Kostbarstes geben mußten, um sich vor dem Untergang zu retten.

In diesem Moment kreuzte Yacaro zum dritten Male das Startmal. Von der anderen Seite der Pyramidenplattform konnten Piltecatl und Maxtla sehen, wie er ohne ein Anzeichen von Erschöpfung zurück nach Tlatelolco lief, und erst nach einer geraumen Weile entschwand er ihren Blicken hinter der Brücke, welche die beiden Städte miteinander verband. Nachdem er seine Runde um den Marktplatz absolviert hatte, tauchte er am Ende der Straße wieder auf, vorwärtsgetragen vom Jubel der Menge, die seiner Leistung neidlos Beifall zollte.

„Er wird es schaffen." flüsterte der Prinz wie zu sich selbst.

„Noch hat er endlose Stunden vor sich." lenkte Maxtla ein. „Kein Hirsch kann so lange im Lauf verweilen, und der hat vier Beine im Gegensatz zu seinen zwei."

Um seine trüben Gedanken zu verscheuchen, lenkte Piltecatl seinen Blick über die zu seinen Füßen liegende Pracht der Stadt. Aus dem Meer der Häuser ragten die im Sonnenlicht blitzenden Gipfel der über hundert Tempelpyramiden in den Himmel, und überall am Horizont erschienen seinen Augen die Silhouetten der vielen Städte, die sich am Ufer des weiten Sees von Texcoco und seiner Lagunen drängten. Kein Platz am Rande des Wassers schien unbebaut, von Menschen unverändert, und wo nicht Häuser und Paläste oder Tempel sich erhoben, lagen die fruchtbaren Äcker und Maisfelder Anáhuacs. Eine Kette blitzender Juwelen umringte sein Blickfeld, Texcoco, Colhuacán, Itzapalapan, Xochimilco, Chapultepec, Tlacopan, Azcapotzalco, Tenayuca - eine festgefügte, geballte Macht stellte dieses Anáhuac dar, dienstbar den Azteken und ihrem machthungrigen Tlacatecuhtli. Millionen von Menschen siedelten hier, hunderttausende von Soldaten konnten die Städte stellen, Tonnen von Gold, Silber, Edelsteinen und kostbaren Federn lagerten in ihren Schatzhäusern. Und gegen diese gewaltige, geeinte Macht wagte er, Piltecatl, sich zu stemmen. Der Gedanke verursachte ihm Schwindel.

„Laß uns wieder hinabsteigen." sagte er zu Maxtla. „Ich bekomme Hunger."

Dabei mußte er an Yacaro denken, der den ganzen Tag ohne Essen zubringen mußte, auch wenn er am Rande der Erschöpfung stand.

Als sie wieder auf dem Tempelvorplatz standen, gewahrte Piltecatl die Könige von Texcoco und Tlacopan, die sich dem Tlacatecuhtli zugesellt hatten. Seit den Tagen des Aztekenherrschers Itzcoatl und dem Krieg gegen Azcapotzalco bildeten jene Orte zusammen mit Tenochtitlán den mächtigen Drei-Städte-Bund, in dem die Azteken den militärischen Oberbefehl und die Regelung der Außenpolitik inne hatten, also die größte Macht in den Händen hielten. Wie der Tlaxcalteke etwas später erfuhr, hatte der Chichimeca Tecuhtli von Texcoco eine große Menge wertvoller Federn und einige Ladungen Kakao auf den Sieg Yacaros gewettet, denn er konnte den greisen, aber machtbesessenen Ahuitzotl nicht leiden und gönnte dem Tarahumara einen Sieg von ganzem Herzen, nachdem er erfahren hatte, was dies für Auswirkungen auf das anstehende *tlachtli*-Turnier haben würde.

Piltecatl gönnte sich ein leichtes Frühstück. Je öfter der Tarahumara das Startmal kreuzte, desto ruhiger wurde der Prinz, denn die Reden des Sklaven entpuppten sich mehr und mehr als Realität und nicht als pure Aufschneiderei, wie Maxtla anfangs vermutet hatte. Aber Mittag zog vorüber, und die Sonne brannte inzwischen sengend vom Himmel, die gesamte Straße glühte im gleißenden Licht des Tagesgestirns. Die fortgesetzten Strapazen konnten nicht spurlos an Yacaro vorübergehen, er schwitzte, und sein Schritt begann manchmal schwer und unsicher zu werden. Doch sein eiserner Wille war noch lange nicht gebrochen, und solange sein Wille ihn vorwärtstrieb, würde sein Körper ihm bedingungslos gehorchen, egal, wie hoch die Temperaturen noch klettern mochten. Zum anderen war es die begeisterte Anteilnahme der Zuschauer, die ihn nicht verzagen ließ, und viele von ihnen reute es schon, gegen ihn gewettet zu haben. Die Azteken zeigten ehrliche Bewunderung seiner Leistung, obgleich er von niederer, barbarischer Abstammung war; sie hätten selbst gejubelt, wenn ihr größter Feind dort unten seine Runden ziehen würde, denn die

Begeisterung für körperliche Großtaten kannte keine Schranken zwischen Freund und Feind und wurde beiden gleichermaßen gezollt.

Der Prinz selbst reichte Yacaro nun jedesmal, wenn dieser durch den *teopan* lief, eine Schale mit Wasser, welche dieser während des Laufens in kleinen, behutsamen Schlucken leerte.

Während selbst Maxtla sich von der zunehmenden Begeisterung anstecken ließ, waren Ahuitzotl und Moctezuma die wohl einzigen, welche dem Spektakel mit besorgten Mienen zusahen. Ihnen kam ein Sieg Yacaros nicht gelegen, denn sie kannten Piltecatls Ehrgeiz, dem sie im Falle des Sieges die Mittel in die Hand geben mußten, die er brauchte, die Ballspielmannschaft Tenochtitláns zu schlagen. Maxtla machte sich indes darum keine Sorgen. Er war so von den eigenen Fähigkeiten überzeugt, daß er selbst dann nicht an seinem Siege zweifeln würde, wenn Piltecatl und seinen Männern ein ganzes Jahr zum Trainieren gegeben ward.

Die Sonne befand sich inzwischen auf der absteigenden Bahn. Yacaro hatte längst aufgehört zu lächeln und auf seine Umgebung zu achten, er benötigte seine ganze Konzentration, den der Erschöpfung nahen Körper unter Kontrolle zu halten. Er spürte nicht die Schmerzen in seinen Muskeln und in seinen Fußsohlen, mit denen er barfuß über die Steine lief, er spürte nicht das Stechen in seinen Lungen, durch welche die heiße, staubige Luft der Stadt brauste. Mit seiner ganzen Willenskraft zwang er sich, gleichmäßig zu atmen, gleichmäßig zu laufen, nicht an die Strecke zu denken, die er noch zurücklegen mußte, sondern nur an die Freiheit, die zu gewinnen war.

Wie würden seine Freunde in der Heimat staunen, wenn er ihnen von den Wundern Tenochtitláns berichten konnte! Aber sicherlich würden auch sie ihn für einen bloßen Aufschneider halten.

Piltecatl war die Veränderung von Yacaros Wesen auch aufgefallen, und die Unruhe kehrte zurück. Sein Schützling hatte schon fast drei Viertel des Tages hinter sich gebracht, es durfte nichts schiefgehen, bevor die Muschelhörner den Untergang der Sonne verkündeten!

Ihm blieben noch zwei Stunden. Die letzten, schwersten Stunden. Es nützte nichts, daß der Abend eine gelinde Kühle brachte, denn sein Körper befand sich ohnehin am Rande des Zusammenbruchs. Yacaro hatte einen fortgesetzten, qualvollen Kampf gegen die eigene Schwäche auszufechten. Das Leben in der Hauptstadt der Mexicas hatte ihn in der Tat verweichlicht, hatte ihm viel von der Leistungsfähigkeit genommen, die er sich in der rauhen Umgebung seiner heimatlichen Berge angeeignet hatte. Sein eiserner Wille durfte jetzt nicht verzagen, doch er sehnte sich immer mehr nach einem baldigen Ende dieser Qual.

Es geschah, als er seine Schritte wieder durch den *teopan* lenkte. Er lief an einer Reihe von Kriegern vorüber, die ihm zujubelten, ihn anfeuerten, so kurz vor dem Ziel nicht aufzugeben. Einem von ihnen entfiel unabsichtlich der Speer, er fiel Yacaro geradewegs vor die Füße. Dieser versuchte, dem fallenden Gegenstand auszuweichen, strauchelte und fiel vornüber auf das steinerne Pflaster, während die scharfe Schneide der Obsidianspitze in das Fleisch seiner Wade fuhr. Wie ein Mann schrien die Umstehenden vor Überraschung und Entsetzen auf. Ein furchtbarer Schmerz durchfuhr den Körper des Tarahumara, nicht nur der Schmerz der einzelnen Wunde, sondern all die aufgestauten Leiden, die sich plötzlich machtvoll Bahn brachen durch die Barriere, die sein Geist gegen sie aufgebaut hatte. Doch sein Wille war noch nicht gebrochen. Yacaro verweilte keine Sekunde am Boden, unter Aufbietung aller seiner Kräfte erhob er sich und lief, ungeachtet der klaffenden, blutenden Wunde, weiter.

Mit schreckgeweiteten Augen sah ihm Piltecatl hinterher, sah auf die Blutspur, die er auf dem Pflaster zurückließ, die von nun an seinem ganzen Weg zum Marktplatz von Tlatelolco und zurück folgte. Mehr als zuvor bewunderte er den Sklaven, dem er Zeit seines Lebens zur Dankbarkeit verpflichtet sein würde.

Als die Zuschauer, die entlang der Prachtstraße die Dächer bevölkerten, den verwundeten Tarahumara unbeirrt weiterlaufen sahen, brach sich ein Jubel Bahn, wie ihn die Mauern der Stadt selten zuvor erlebt hatten. Egal, ob man für oder gegen ihn gewettet hatte, jeder rief ihm lautstark Ermutigungen zu, feuerte ihn an, einige weinten gar vor Rührung. Die anfeuernden Zurufe klangen Yacaro in den Ohren und ließen ihn Qual und Schmerz vergessen. Von ihnen wie von einer riesigen ozeanischen Welle vorwärtsgetragen, schwebte er über das Steinpflaster, welches benetzt war von seinem eigenen Blute.

Wie Piltecatl sah, daß sein Schützling trotz aller Widernisse unnachgiebig den *teopan* durchlief, als hätte der Lauf gerade erst begonnen, erfüllte grenzenlose Freude sein banges Herz. Die Götter würden ihm den Sieg nicht mehr versagen.

Der Lärm in den Straßen war so stark angeschwollen, daß man die Muschelhörner nicht mehr hörte, die das Ende des Laufes ankündigten, und Yacaro, der gerade über die Brücke aus Tlatelolco kam, weiterlief bis zur Pyramide. Erst dort stoppte ihn Piltecatl, indem er ihn glücklich in seinen Armen auffing. Der Sklave schenkte ihm ein zufriedenes Lächeln, dann brach er lautlos zusammen. Man mußte keinen Arzt rufen, denn die besten und geschicktesten unter ihnen kamen aus freien Stücken angelaufen, dem Tapferen zu helfen, und jeder erbot sich, ihn ohne Bezahlung in seinem Heim gesundzupflegen. Im Nu war der heilige Bezirk von einer vieltausendköpfigen Menschenmenge umringt, die in Richtung des Tempels brandete, zu dessen Füßen der Erschöpfte lag, kaum noch atmend, doch immer noch mit lächelndem Gesicht. Piltecatl kauerte neben ihm, stützte seinen Kopf und benetzte die blassen Lippen mit kaltem Wasser. Dabei vergoß er Tränen freundschaftlicher Anteilnahme.

Ahuitzotl, der in seiner ganzen Laufbahn als Tlacatecuhtli niemals einen ähnlich mitreißenden Jubel ihm zu Ehren gehört hatte, ließ sich von seinen Sänftenträgern mißmutig in den Palast bringen.

Man ließ den kostbaren Tragsessel eines reichen Kaufmannes bringen, um den siegreichen Sklaven in das Haus eines erstklassigen Arztes zu schaffen. Piltecatl und seine Männer kehrten, auf den Schultern der Massen getragen, zurück in ihr Quartier.

Weder der Michuaquí noch Xochipilli nahmen es Piltecatl im Augenblick übel, daß er sie tatsächlich in seinem Netz gefangen hatte. Und Maseescasi war von Herzen froh, daß er seinen Freund nicht in Schande sehen mußte. Wenn die Götter den heutigen Lauf siegreich hatten ausgehen lassen, warum sollten sie dann nicht auch ihre Hände segensreich über das *tlachtli* halten und das Wunder wahr werden lassen, das Piltecatl zu vollbringen gedachte?

Von jetzt an war Maseescasi nicht mehr der Gegner seines Freundes. Piltecatl hatte einen weiteren, unschätzbaren Helfer gefunden.

Als sie in die Halle ihres *tecpan* kamen, warteten dort die Diener mit großen, randvoll mit dem berauschenden *octli* gefüllten Krügen, die vom Tlacatecuhtli zu Ehren des Sieges gestiftet worden waren. Tariácuri war der erste, der sich freudestrahlend auf das Geschenk stürzte, und Xochipilli tat es ihm gleich. Balam war zwar wie alle Huaxteken ein leidenschaftlicher Trinker, wußte aber nur zu gut um die verderbenbringende Wirkung des Alkohols und hielt sich fern, und die beiden Tlaxcalteken schüttelten nur die Köpfe, als sie die anderen sich vollaufen lassen sahen, konnten sie aber nicht zurückhalten.

Als der Prinz zu Bett gehen wollte, in dem die schöne Cocoton schon auf ihn wartete, trat ihm der Huaxteke entgegen. Er war nackt und hielt ihm seinen Lendenschurz hin.

„Ich habe meine ganze Habe verwettet." tönte er lachend. „Hier hast du sie!"

Piltecatl lachte ebenfalls über den Scherz, denn Balam hatte mit der Wetterei nur aus dem Grunde begonnen, die anderen mit hineinzuziehen. Es war eine zwischen ihm und Piltecatl abgesprochene Sache gewesen.

„Mir gehören von nun an deine Muskeln." erwiderte der Prinz. „Das reicht mir vollkommen."

Kaum war die Sonne am nächsten Morgen aufgegangen, als Piltecatl sich aus Cocotons süßer Umarmung riß und, nur mit einem Lendenschurz bekleidet, in den Garten trat. Der Huaxteke war schon dort und dabei, seinen Körper durch Turnübungen zu erwärmen. Maseescasi kam, noch schläfrig, aus seiner Kammer getaumelt.

„Beginnen wir mit dem Training." begrüßte der Prinz die Gefährten. „Unsere Zeit ist zu kostbar, als daß wir auch nur eine Stunde verschwenden könnten."

„Soll ich die beiden Langschläfer wecken?" erbot sich Balam schmunzelnd.

„Aber sanft!" forderte Piltecatl ihn auf.

Als der Huaxteke in Xochipillis Quartier polterte, erwachte zwar dessen Lustknabe, doch der Tolteke war nicht aufzurütteln. So packte ihn Balam an den Beinen und schleifte ihn hinaus in den

Garten, ohne daß der Betrunkene ein Auge öffnete. Selbst als er ihm ein paar Ohrfeigen versetzte, unterbrach er wohl sein Schnarchen, nicht aber seinen Schlaf. So schulterte ihn Balam mit unbewegter Miene und warf ihn in das Wasserbecken zu den Zierfischen. Als Xochipilli schnaufend und prustend und mit schreckgeweiteten Augen aus dem Wasser tauchte und aus Leibeskräften schrie, man wolle ihn ertränken, wandte sich Balam an den Prinzen und grinste.

„Sanfter ging's nicht."

Dann stapfte er in die Kammer des Michuaquí. Zunächst warf er dessen beide Geliebten aus dem Bett, die zeternd versuchten, vor dem Barbaren ihre Nacktheit zu bedecken, dann schnappte er sich Tariácuri und beförderte ihn ohne viel Federlesens ebenfalls in den Teich. Der nasse Schock am frühen Morgen ließen ihn und Xochipilli zwar aus ihrem Rausch erwachen, doch als sie aus dem Wasser gezogen wurden, zeigte es sich, daß ihre watteweichen Beine und ihr umnebelter Geist weit davon entfernt waren, sportlichen Anforderungen gewachsen zu sein. Als Xochipilli sich keuchend über die Behandlung beschwerte, trat ihm Piltecatl mit zorniger Miene entgegen.

„Vergiß unsere Wette nicht, Tolteke. Du gehörst jetzt mir, und du wirst trainieren, so wie ich es dir befehle. Wenn ihr euch weigert, wird Balam euch bestrafen."

Und Balam streckte ihm die eisenharte Faust entgegen, um den Worten des Prinzen Gewicht zu verleihen. Sein Gesicht zeigte dabei einen Ausdruck, der keinen Zweifel daran ließ, daß er sehnlichst eine solche Gelegenheit erwartete.

Murrend fügten sich die beiden in das unausweichliche Schicksal.

Tlachtli war eine Sportart, die den ganzen Körper forderte. Man mußte schnell mit den Beinen sein, um den Ball erhaschen zu können, man brauchte Beweglichkeit, um ihn aus den unmöglichsten Positionen heraus spielen zu können, man brauchte Kraft, um die schwere Kugel hoch durch die Luft zu schleudern, ein gutes Auge und blitzschnelle Reaktionen. So vielfältig wie die Anforderungen während des Spieles mußte das Training sein. Doch Xochipilli war schon nach der ersten halben Stunde erschöpft umgefallen, und Tariácuri taumelte mehr schlecht als recht durch den Garten. Selbst den beiden Tlaxcalteken fiel es mitunter schwer, die Übungen nachzumachen, die Balam ihnen vorturnte. Und Balam, bei all seiner Kraft, konnte es mit der schlangenhaften Beweglichkeit der beiden nicht im entferntesten aufnehmen.

Doch Piltecatl war unerbittlich. Immer wieder wurde der Tolteke vom Boden aufgelesen und gezwungen, das Training, das für ihn einem Martyrium gleichkam, weiter mitzumachen, ungeachtet seines Gezeters, das in dem Maße stiller wurde, wie die Kräfte ihm entschwanden. Tariácuri mußte man weniger Aufmerksamkeit widmen, sein Körper war in leidlich guter Verfassung, und wenn er sich nicht bis in die frühen Morgenstunden mit *octli* maßlos betrunken hätte, würden seine Leistungen noch besser ausgefallen sein. Balam bestand darauf, seinen Gefährten zu mehr Muskeln zu verhelfen, indem er sie im Laufschritt schwere Steine schleppen ließ, wohingegen die anderen ihn unentwegt aufforderten, all die kühnen Sprünge und Verrenkungen auszuführen, die beim Spiel unabdingbar waren. Denn der Ball durfte niemals die Hände oder die Füße berühren, er mußte mit dem Körper, den Schultern oder dem Gesäß geschleudert werden, und oftmals war das nur im Sprunge möglich.

Als Mittag heran war, waren sie alle erschöpft, Xochipilli so gut wie tot. Jedenfalls lag er letztendlich mit blassem Gesicht auf dem Boden, unfähig auch nur eines seiner schmerzenden Glieder zu rühren; nicht einmal klagen konnte er noch. Die Dienerschaft sah dem tollen Treiben der fünf Helden mit Belustigung und Unverständnis zu. Nach dem, was sie gesehen, hielten sie einen Sieg der Fremden für gänzlich unmöglich.

Piltecatl hatte einen Boten zum Hause des Arztes gesandt, um sich über Yacaros Befinden zu erkundigen. Was er hörte, stimmte ihn froh. Der Tarahumara war aus seiner Ohnmacht erwacht, und obwohl die Anstrengung des vergangenen Tages und vor allem der immense Blutverlust ihn sehr geschwächt hatten, würde er in einigen Tagen wieder wohlauf sein.

Kurz nach Mittag erschien ein Bote Maxtlas bei ihm. Eingedenk seiner verlorenen Wette hatte der vom Tlacatecuhtli die Erlaubnis erwirkt, der Mannschaft einen kleinen Ballspielplatz in der Nähe ihrer Unterkunft für das Training zuweisen zu können. Piltecatl und Balam waren sofort bereit, sich den Platz anzusehen, und die anderen nahmen diese Unterbrechung ihres ersten Trainingstages erfreut auf, vor allem Xochipilli fiel ein Stein vom Herzen. Er begab sich sofort in seine Kammer, fiel auf sein Bett und in einen tiefen, traumlosen Schlaf.

Das Spielfeld lag am Ufer desselben Kanals, der das Haus der Mannschaft vom Rest des Viertels trennte, und war mit dem Kanu in wenigen Minuten zu erreichen. Es war bei weitem nicht so groß und reichlich mit Reliefs geschmückt wie das Spielfeld der Götter im teopan, doch genügte es den Anforderungen des Trainings vollkommen. Die steinernen Ringe, durch die der Ball geschleudert werden mußte, befanden sich in etwas über zwei Metern Höhe. Piltecatl ließ sich eine der über fünf Pfund schweren, harten Kautschukkugeln geben, warf sie in die Luft und schleuderte sie mit einem geschickten Stoß seiner Hüfte nach dem Ring. Sie traf ihn zwar, doch prallte sie an dessen Seite ab und ging nicht durch die Öffnung. Der Prinz wagte einen zweiten und dritten Versuch, aber mit demselben Resultat.

„Ein schöner Ballspieler bist du." knurrte der Huaxteke mißgestimmt. „Ich dachte, du beherrschst das Spiel."

Piltecatl warf ihm ärgerlich den Ball zu.

„Wirf ihn zu mir." befahl er.

Balam schleuderte die Kugel in Richtung von Piltecatls Brust. Der fing sie mit den Händen und warf sie zurück.

„Über meinen Kopf hinweg." wies er an.

Der andere tat, wie ihm geheißen. Der Prinz machte einen behenden Satz in die Luft, wobei er seinen Körper drehte und der Kugel einen Stoß mit der Außenseite seines Oberschenkels versetzte. Sie flog in einer fast geraden Bahn auf den Ring zu und passierte die Öffnung.

„So macht man das." schmunzelte der Tlaxcalteke. „Und jetzt du."

Aber soviel Balam sich auch anstrengte, es gelang ihm nicht, dem Ball die richtige Richtung oder die richtige Höhe zu geben, er traf meist nicht einmal den Ring, geschweige denn des Loch in dessen Mitte. Nach etlichen gescheiterten Versuchen gab er es auf.

„Ich bin ein guter Krieger, aber kein guter Spieler." gab er zu.

„Das macht nichts." tröstete ihn Piltecatl. „Es reicht, wenn einer durch den Ring schießen kann. Du bist in der Lage, den Ball mit deiner Kraft weit und hoch zu schleudern. Du kannst ihn so werfen, daß keiner unserer Gegner ihn erhaschen kann und er auf den Boden fällt. Das gibt dann einen Punkt für uns."

„Aber Maxtla wird durch den Ring schießen, wie jedesmal. Das verschafft seiner Mannschaft einen großen Vorsprung. Wir müssen unbedingt einen Treffer erzielen."

„Das übernehme ich." versetzte Piltecatl zuversichtlich.

Balam lachte höhnisch.

„Auf dem Götterballspielplatz befinden sich die Ringe doppelt so hoch wie hier. Zeige mir, ob du so hoch schießen kannst."

Er warf ihm unvermittelt die Kautschukkugel zu. Der Prinz sprang ihr entgegen, spielte sie mit der Hüfte über den Ring hinweg, aber in einer kläglichen Höhe. Nach mehreren Versuchen und etlichen blauen Flecken, die der Anprall der Kugel verursacht hatte, sah er ein, daß er sie keineswegs so hoch schleudern konnte, wie nötig war.

Balam hingegen bereitete das keine Schwierigkeiten. Wenn er den Ball spielte, dann flog dieser mit einer Leichtigkeit in die Höhe, als hätte er kein Gewicht. Doch dem Huaxteken fehlte die Geschicklichkeit, sein Ziel zu treffen. Er traf niemals das Loch des Ringes, wenn er nach diesem schoß.

„Da haben wir ein Problem." knurrte er schließlich, nachdem er sich schweißgebadet und mit schmerzenden Gliedern auf den Boden gehockt hatte. „Würden wir beide zu einer Person verschmelzen, gäbe das einen Ballspieler von hervorragendem Format ab."

„Ich muß lernen, höher zu schießen, und du, besser zu treffen." erwiderte Piltecatl leichtfertig. „Dann haben wir sogar zwei hervorragende Ballspieler."

„Ich hoffe, daß wir dafür genügend Zeit haben." entgegnete ihm Balam, und seine Stimme klang keineswegs mehr so sorglos wie gewohnt.

„Zunächst ist es erst mal wichtig, daß wir eine anständige Ausrüstung bekommen." meinte der Tlaxcalteke und wandte sich an Maxtlas Boten, der den beiden nicht ohne Schadenfreude zugeschaut hatte.

Mit Ausrüstung meinte Piltecatl die dicke Panzerung aus Gummi, die für den Ballspieler obligatorisch war. Dazu gehörte eine Kappe für den Kopf, eine Art Sturzhelm, ein breiter Gürtel, der um den Leib geschlungen wurde und das unförmige Aussehen eines Schwimmreifens hatte, sowie Waden-, Knie- und Ellbogenschützer. Die Kautschukkugel, mit der gespielt wurde, war nicht nur schwer, sondern auch hart, und ihr Auftreffen auf ungeschützte Körperteile konnte Verletzungen mit sich bringen, ganz zu schweigen von den gewagten Sprüngen, mit denen der Ball erhascht werden mußte, denn der Ballspielplatz war mit Steinplatten gepflastert. Selbst mit der notwendigen Ausrüstung verging kaum ein reguläres Spiel, ohne daß einige der Spieler mit gebrochenen Gliedern oder Rippen oder sogar mit eingeschlagenem Schädel vom Platz getragen wurden.

Doch der Bote mußte Piltecatl schwer enttäuschen. Obwohl Maxtla sich dafür eingesetzt hatte, seinen Kontrahenten alles Notwendige zur Verfügung zu stellen, war Ahuitzotl der Ansicht, eine Ballspielausrüstung sei nicht Gegenstand ihrer Wette gewesen, und Piltecatls Mannschaft sollte die ihre daher erst am Tage des großen Spieles erhalten. Auf diesem Wege erhoffte sich der Tlacatecuhtli, ihnen ein wirklich hartes und anspruchsvolles Training unmöglich zu machen oder zu erreichen, daß ihre besten Spieler sich schon vor dem Turnier die Knochen brachen und damit ausscheiden mußten.

Niedergeschlagen kehrten der Prinz und Balam nach Hause zurück.

„Wir könnten doch die Ausrüstung selbst kaufen." schlug Balam auf dem Heimweg vor.

„Weißt du nicht, wie teuer *olli* in Tenochtitlán ist?" fragte ihn Piltecatl. „Und außerdem können nur wenige eine Ballspielausrüstung herstellen, und der Tlacatecuhtli wird sicherlich Wege finden, die betreffenden Handwerker davon abzubringen, mit uns Geschäfte zu machen. Uns bleibt nur eines: Wir müssen ohne die Ausrüstung trainieren!"

„Aber dann riskieren wir, uns alle Knochen zu brechen."

Der Prinz schwieg. Er wußte nicht, wie er den Einwand entkräften sollte.

Zuhause fanden sie Xochipilli schlafend; Maseescasi war nach Tlatelolco gegangen, um bestimmte Kräuter zu kaufen, von denen er wußte, daß sie belebend wirkten und die Kräfte steigerten. In der Halle saß Tariácuri im Kreise der Frauen, neben sich zwei große Krüge *octli*, und war schon wieder dabei, sich zu betrinken.

„Was hat das zu bedeuten?" herrschte ihn der Prinz wütend an.

„Moctezuma war so freundlich, uns noch mehr Rauschtrank zu senden, als Zeichen seiner Freundschaft." erwiderte der Michuaquí frohgemut und kippte sich eine Schale voll in den Rachen.

„Du wirst sofort mit dem Trinken aufhören und dieses Zeug nie wieder anrühren, verstanden?" wies ihn Piltecatl an.

Doch Tariácuri lachte ihn nur aus.

„Höre zu, Tlaxcalteke!" rief er. „Beim Training tue ich, was du verlangst, schließlich habe ich Schwachkopf darum gewettet und verloren, und meine Ehre gebietet es mir. Doch wenn das Training beendet ist, tue ich, was ich will, und wenn ich Lust habe, mich zu betrinken, betrinke ich mich."

„Das werden wir ja sehen."

Piltecatl stürmte auf ihn los und schlug ihm die Trinkschale aus der Hand. Dann griff er nach einem leeren Kohlenbecken und zertrümmerte damit die beiden Krüge, daß ihr Inhalt den Fußboden überschwemmte und die kostbaren Baumwollteppiche, auf denen Tariácuri saß. Dieser sprang auf und wollte den Tlaxcalteken zurückhalten, Piltecatl aber schüttelte ihn ab und beendete sein Zerstörungswerk.

„Die Azteken erlauben nur alten Leuten, *octli* zu trinken." rief er ihm zu. „Wer betrunken in den Straßen der Stadt angetroffen wird, obwohl er noch zu jung zum Trinken ist, wird meistens zu Tode geprügelt. Was glaubst du wohl, warum der schlaue Moctezuma uns so großzügig mit Rauschtrank versorgt? Weil er nicht will, daß wir trainieren, weil er nicht will, daß wir siegen. Wir aber wollen siegen. Deshalb lasse ich es nicht zu, daß in diesem Hause noch irgendeiner octli anrührt, und wer sich meinem Verbot widersetzt, den lasse ich durch Balam züchtigen, daß er sich wünscht, nie geboren zu sein."

Und an den Vorsteher der Dienerschaft erging seine Anweisung, jede weitere Lieferung von *octli* sofort und ohne Zögern in den Kanal zu kippen. Dann wandte er sich um und ließ den wutschnaubenden Michuaquí in der Halle zurück.

Erst am nächsten Morgen, als sie alle sich auf ihrem Ballspielplatz versammelt hatten, wagte Piltecatl den übrigen zu eröffnen, daß sie ohne Ausrüstung trainieren müßten. Maseescasi nahm die Nachricht mit der stoischen Ruhe des Kriegers auf, Tariácuri verdrehte die

Augen, wagte aber nicht, den Prinzen noch einmal zu reizen. Nur Xochipilli stöhnte auf.

„Willst du uns umbringen, noch bevor das Spiel begonnen hat?" warf er Piltecatl mit weinerlicher Stimme vor.

„Ich weiß gar nicht, was du hast. Du bist doch gut gepolstert." höhnte Balam und wies auf den dicken Bauch des Tolteken.

Xochipilli kam nicht dazu, etwas zu antworten. Der Prinz erstickte jeden Zwist mit dem herrischen Befehl: „Wir laufen zur Erwärmung eine Stunde um den Platz!"

Die anderen folgten ihm widerspruchslos.

Laufen war nicht gerade die Stärke des Tolteken. Nachdem Balam ihn zum dritten Male überrundet hatte, stieß er ihn unsanft in die Seite.

„Gehst du spazieren?" fragte er. „Meine hundertjährige Großmutter läuft ja schneller als du, und die hat nur noch ein Bein."

Das war selbst Xochipilli zuviel. Er blieb stehen und baute sich mit wutverzerrtem Gesicht vor dem Huaxteken auf.

„Ich habe es satt, mich von dir dauernd durch das *chocolatl* ziehen zu lassen!" stieß er giftig hervor. „Laß mich gefälligst in Ruhe und suche dir einen anderen, über den du dumme Witze machen kannst."

Mit erstaunter Miene sah Balam den keuchenden und schwitzenden Tolteken vor sich an.

„Sieh da, du hast ja eine Seele!" rief er mit überraschter Stimme, aber einem hintergründigen Schmunzeln im Gesicht. „Und Mut hast du wohl auch bekommen. So kenne ich dich ja gar nicht."

„Du wirst meinen Mut noch kennenlernen, wenn du weiter auf mir herumhackst." entgegnete Xochipilli, mit vor Atemlosigkeit stammelnder Stimme.

„Dann zeig mir deinen Mut." tönte der Huaxteke und schlug dem anderen vor die Brust, daß er zurücktaumelte. „Zeige mir deinen Mut und wehre dich, du Weib!"

Mit weiteren, wenngleich leichten Schlägen trieb er den Tolteken vor sich her. Der versuchte, mit wildem Gefuchtel seiner Arme, sich den Gegner vom Leib zu halten, doch vergeblich. Plötzlich ballte er die Faust und ließ sie auf Balams Nase sausen. Der hatte damit überhaupt nicht gerechnet, strauchelte und fiel rücklings auf den Boden. Blut lief ihm über das Gesicht.

Xochipilli erwartete seine Rache und duckte sich unwillkürlich. Doch der Huaxteke brach in schallendes Gelächter aus, während er sich vom Boden hocharbeitete.

„Und ich dachte, du bist gegen Gewaltanwendung. Endlich hast du mal gezeigt, daß du ein Mann bist und kein Weib, Tolteke!" rief er. „Ich hätte kaum für möglich gehalten, daß du Muskeln im Körper hast und nicht nur Schwabbel."

„Ich habe dich ja gewarnt." preßte Xochipilli hervor, immer noch mit einem Vergeltungsschlag rechnend.

„Und jetzt konzentriere deine Kraft auf das Training." riet ihm Balam stattdessen und schob ihn vor sich her, damit er erneut zu laufen beginne. „Wenn ich dich noch einmal überholen sollte, kommst du mir nicht so glimpflich davon."

Der Tolteke hielt es für besser, einer weiteren Konfrontation aus dem Wege zu gehen, und nahm die Beine in die Hand, um recht viel Platz zwischen sich und dem immer noch vergnügt lachenden Balam zu bringen. So schnell wie heute war er in seinem ganzen Leben noch nie gelaufen. Piltecatl, der den ganzen Vorfall nicht bemerkt hatte, war schier erstaunt, als er Xochipilli atemlos keuchend und taumelnd an sich vorbeilaufen sah. Maseescasi, der neben dem Prinzen lief, schaute diesen mit einem verschmitzten Lächeln an.

„Sieht aus, als brächten wir selbst den noch in sportliche Höchstform."

Beim Üben mit der Kautschukkugel stellte sich Xochipilli allerdings nicht sonderlich geschickt an. Wann immer er den Ball auch spielte, heulte er auf von dem Schmerz, den der Aufprall auf seinem Körper verursachte, und zählte mit weinerlichem Blick all die blauen Flecken, die auf seiner Haut zurückblieben. Als Folge davon flogen seine Bälle auch niemals so weit, daß sie einen der anderen Mitspieler erreichten. Tariácuri konnte sich den Schmerz verbeißen, und obgleich er Piltecatl haßte, spielte er ganz passabel für einen Anfänger. Die anderen drei dagegen schonten sich kein bißchen, sie schienen die Schmerzen gar nicht zu bemerken oder das Blut, das aus den Wunden rann, die sie sich holten, wenn sie nach einem Sprung unsanft auf den rauhen Stein des Bodens fielen und sich die Haut abschürften.

Nach diesem Trainingstag, als sie alle erschöpft in ihr Quartier zurückgekehrt waren, nahm der Prinz den Huaxteken beiseite.

„Es tut mir leid," meinte er, „aber mit Xochipilli können wir so nicht spielen. Die Angst vor dem Schmerz ist bei ihm zu groß. Er muß lernen, Schmerzen ertragen zu können."

Balam nickte betreten. Selbst ihm fiel diese Aufgabe nicht leicht, denn er war keineswegs so bösartig, wie er sich oft dem Tolteken gegenüber verhielt. Bei den Azteken ebenso wie in Tlaxcala wurden junge Knaben im *telpochcalli* dazu erzogen, körperliche Pein gering zu achten und dagegen unempfindlich zu werden, und die kriegerischen Huaxteken hielten es genauso. Xochipilli schien nie auf diese Weise erzogen worden zu sein, er war verweichlicht.

Als der Tolteke am nächsten Morgen in das Kanu steigen wollte, um mit zum Ballspielfeld zu fahren, hielt Balam ihn an der Anlegestelle zurück.

„Wir beide trainieren heute allein." meinte er mit ernster Miene.

Der Einbaum stieß ohne sie ab, und Xochipilli ahnte nicht, was ihn erwarten sollte.

Als die anderen am Abend zurückkehrten, saß Balam im Garten, auf einen knotigen Stock gestützt, der an einigen Stellen blutbeschmiert war. Aus Xochipillis Quartier erklang wimmerndes Stöhnen, und der Ärmste wälzte seinen zermarterten Körper im Bett herum, da er vor Schmerzen weder liegen noch sitzen konnte. Mit tränenerstickter Stimme verfluchte er seine grausamen Mannschaftskameraden. Er tat Piltecatl leid. Doch statt nach ihm zu sehen, blickte er Balam mit eisenhart gefrorener Miene an.

„Morgen noch einmal." sagte er mit fester Stimme. „Er wird das Spiel sonst nicht überleben."

Nach zwei Tagen, als Xochipilli wieder mit zum Training fuhr, war sein Körper in einer schlimmen Verfassung. Aber er biß die Zähne zusammen, und die Qual des Trainings war bei weitem nicht so schlimm wie Balams Prügelkur. Mit der Zeit verbesserten sich zwar seine spielerischen Fähigkeiten, doch sein Haß gegen die Tlaxcalteken und seinen huaxtekischen Peiniger loderte wie eine helle Flamme, und er wechselte kein Wort mehr mit ihnen. Nur noch mit dem Michuaquí hielt er Kontakt.

Endlich stieß auch Yacaro, der Tarahumara, wieder zu ihnen, nachdem er vollkommen gesundet war. Er war eine echte Bereicherung der Mannschaft und trainierte mit derselben

Unerbittlichkeit, mit der er ehedem durch Tenochtitlán gelaufen war. Seine Schnelligkeit und seine gewandten Sprünge ließen ihn beinahe jeden Ball erhaschen, und nie hörte man ihn stöhnen vor Schmerz oder Anstrengung. Die Aussicht auf die Rückkehr in sein geliebtes Heimatland spornte ihn an und ließ ihn das Risiko eingehen, im Falle einer Niederlage auf dem Opferstein den Tod zu finden.

Das Training wurde immer härter. Jeden Abend hatte die Dienerschaft alle Hände voll zu tun, die Wunden der Ballspieler mit Kräuterverbänden zu kurieren, ihre mitgenommenen Körper zu massieren oder ausgerenkte Glieder zu richten. Die sechs sahen bald aus, als kämen sie vom Schlachtfeld, keiner hatte sich die Nase nicht mindestens einmal gebrochen, ihre Leiber waren über und über von Wunden und Quetschungen bedeckt. Doch Piltecatl hatte Grund, immer zuversichtlicher zu werden.

Dennoch machte ihm Tariácuri weiter Sorgen. Statt sich dem Alkohol hinzugeben, widmete er seine freie Zeit nun nur noch den Freuden der Liebe. Trotz des anspruchsvollen Trainingsprogrammes fand er in der Nacht die Kraft, sich stundenlang mit seinen beiden Liebsten zu vergnügen, und am Morgen war er müde und matt. Von Tag zu Tag konnte er weniger mit den anderen mithalten, doch das hinderte ihn keineswegs daran, seine ganze Energie an die Frauen zu verschleudern. Von Piltecatl zur Rede gestellt, antwortete er frech, niemand, auch Piltecatl nicht, könne ihm den Geschlechtsakt verbieten, man müsse ihn schon entmannen, wolle man sein Vergnügen unterbinden.

Doch der Prinz konnte nicht zulassen, daß auch nur einer von ihnen seinen Sieg in Frage stellte. Das Training kostete die ganze Kraft eines Mannes, er durfte sich nicht auch noch bei den Frauen verausgaben.

Eines Morgens blieb Piltecatl allein zurück, als die anderen zum Ballspielplatz fuhren. Kaum war das Kanu seinen Blicken entrückt, als er die Dienerschaft um sich versammelte und den Sklavenmädchen, schmerzenden Herzens auch Cocoton, sowie Xochipillis Lustknaben befahl, ihre Sachen zu packen und das Haus zu verlassen, um nie mehr zurückzukehren. Nur den Männern und alten Weibern erlaubte er zu bleiben. Als die Mädchen endlich seinem Wunsche gefolgt waren und über den Kanal entschwunden, ließ sich der Prinz befriedigt zu seinen Mannschaftskameraden rudern.

Niemandem erzählte er, was er gerade getan hatte.

Als der Abend heraufdämmerte und sie zurückgerudert wurden, wunderte sich der Michuaquí zunächst, daß seine beiden Geliebten ihn nicht wie sonst an der Anlegestelle erwarteten. Er begann zu ahnen, daß Piltecatl dahinterstecken mußte. Doch als sie alle gemeinsam in die Halle gingen, erwartete sie ein Anblick, der sie schier den Atem anhalten ließ.

Vor ihnen saßen die wohl lieblichsten Jungfrauen Tenochtitláns, jede von ihnen eine Perle ausgesuchter Schönheit, wie sie selten zu finden sein mochten in den Straßen der Stadt. Noch niemals hatte einer von ihnen auch nur annähernd soviel Anmut und Grazie geschaut wie in diesem Augenblick. Selbst die Schönheit Cocotons verblaßte neben dem, was ihre Augen sahen.

Xochipilli konnte die Begeisterung der anderen zunächst nicht teilen, bis er zwei allerliebste Knaben sah, die im Kreise der Jungfrauen saßen und für ihn bestimmt schienen. Bei ihrem Anblick entfleuchte ein leises Jauchzen seiner Kehle.

Ein Bote trat vor den versteinerten Piltecatl hin.

„Mein Herr Ahuitzotl, der Tlacatecuhtli von Tenochtitlán, entbietet dir seine freundlichsten Grüße." sagte er. „Da du mit dem Hauspersonal nicht zufrieden gewesen zu sein scheinst und wahrscheinlich die mangelhafte Schönheit der Sklavinnen deinen Mißmut geweckt hat, sendet der großzügige Herrscher euch die hübschesten Sklavinnen, die in seinem Machtbereich zu finden sind, um euch seine Freundschaft zu beweisen."

Es handelte sich also um einen weiteren Streich Ahuitzotls, um die Mannschaft vom Training fernzuhalten. Doch selbst der eiserne Piltecatl fand diesmal nicht die Kraft, die Mädchen aus der Tür zu weisen, deren Schönheit einem märchenhaften Traum entstiegen schien.

Balam jedoch konnten solche Lockungen nicht anfechten. Er drängte sich nach vorn und brüllte den Sklavinnen mit seiner furchterregenden Donnerstimme entgegen, daß sie auf der Stelle zu verschwinden hätten, der Mannschaft gelüste es nicht nach Liebesfreuden.

Tariácuri sprang zu ihm hin und packte ihn bei der Schulter.

„Dazu hast du nicht das Recht!" brüllte er.

„Das Recht nehme ich mir." erwiderte Balam kalt und streckte den Michuaquí mit einem Fausthieb zu Boden. Dann entriß er dem Boten dessen Speer und richtete ihn gegen die Mädchen. „Wenn ihr nicht sofort das Haus verlaßt, spieße ich euch alle auf!"

Die Sklavinnen fuhren erschrocken hoch und flüchteten ängstlich vor dem Zorn des wutschnaubenden Tyrannen.

Piltecatl löste sich aus seiner Starre.

„Höre mir zu und richte deinem Herrn folgendes aus:" sagte er zu dem Boten, „Seine Großzügigkeit wird uns nicht daran hindern, unser Ziel zu erreichen. Wir werden siegen, und er soll schon anfangen, die Obsidianklinge zu schärfen, die in die Brust seines Lieblings Maxtla fahren wird. Jede Sklavin, die fürderhin diesen *tecpan* betreten sollte, wird von uns getötet werden."

Der Bote stammelte eine kurze Antwort und eilte dann den Mädchen und den beiden Knaben hinterher, um mit ihnen dieses Tollhaus zu verlassen.

Tariácuri stand taumelnd vom Boden auf und betastete seine blutenden Lippen.

„Dafür werde ich euch töten!" stieß er giftig hervor.

„Um uns töten zu können, mußt du das *tlachtli* gewinnen." hielt ihm der Prinz kühl entgegen. „Vorher sind wir Eigentum der Götter, und eine solche Tat würde Schimpf und Schande auf dich laden."

„Dann werde ich gewinnen, nur um mich für die Erniedrigungen zu rächen, die ihr mir angetan habt."

Damit entschwand er in seine Kammer.

„Es ist gut, daß er wütend ist." meinte Balam zu den Tlaxcalteken, als der Michuaquí sich entfernt hatte. „Solange er uns nichts anhaben kann, wird sein Zorn sich in Kraft verwandeln, und er wird ihn an der Kautschukkugel auslassen."

Piltecatl nickte. Doch zufrieden war er nicht. Es gefiel ihm nicht, mit solcher Strenge gegen Menschen vorzugehen, mit denen er anfangs Freundschaft zu halten gedachte. Der Haß Tariácuris und Xochipillis auf ihn brannte in seiner Seele.

Am Abend des folgenden Tages rief der Prinz seine Spieler beim Mahl zusammen. Er hatte sich inzwischen ein Bild von den

Fähigkeiten jedes einzelnen machen können und arbeitete nun daran, wie er sie alle gewinnbringend auf dem Spielfeld postieren konnte, wenn der Zeitpunkt des alles entscheidenden Turniers heran war.

Das Spielfeld war in zwei Hälften geteilt, jede hatte die Form eines T's, die sich am Fußende berührten. Die beiden Ringe befanden sich gegenüber genau dort, wo die Grenze zwischen den beiden Spielfeldhälften verlief. Jede Mannschaft hatte ihre eigene Hälfte. Der Ball, der Tonatiuh, die Sonne, symbolisierte, wurde hin und her gespielt und durfte den Boden nicht berühren. Fiel er dennoch nieder, so bekam die Mannschaft auf der anderen Spielfeldhälfte einen Punkt. Schoß ihn jemand durch den Ring, bekam dessen Mannschaft zwanzig Punkte, ein kaum noch aufzuholender Vorsprung.

„Wir werden uns folgendermaßen aufstellen." begann Piltecatl. „Yacaro und Xochipilli stellen sich nach hinten. Yacaro ist schnell und kann nach den weiten Bällen laufen, Xochipilli kann nicht besonders weit spielen, seine Aufgabe ist es, den Ball zu den vorne stehenden zu werfen, die ihn dann in die gegnerische Hälfte schleudern. Maseescasi geht in die Mitte. Er muß immer dorthin, wo er gebraucht wird. Ich und Tariácuri stellen uns vor die Ringe und versuchen, dort Treffer zu erzielen. Balam geht vorne in die Mitte. Er schleudert die Bälle möglichst so, daß die Gegner sie nicht bekommen."

„Du weißt, daß ich den Ring nicht treffe." mischte der Michuaquí sich ein. „Wirst du in der Lage sein, einen Treffer zu erzielen?"

„Ich versuche es."

„Wenn wir nicht wenigstens einmal durch den Ring schießen, sind wir verloren." gab Tariácuri zu bedenken.

„Ich werde durch den Ring schießen." erwiderte der Prinz in festem Ton.

Er wußte, daß dies ein Versprechen war, das er nicht unbedingt halten konnte. Die Ringe am Ballspielplatz der Götter zu treffen war das einzige Problem, das ihm ernsthafte Sorgen bereitete.

Als sie am nächsten Tag beim Training waren, sahen sie unverhofft die goldene Sänfte Moctezumas auf der Tribüne auftauchen.

Offenbar wollte er sich selbst davon überzeugen, inwieweit Piltecatls Bemühungen eine Gefahr für die aztekische Mannschaft darstellten. Seiner steifen Miene sah man freilich nicht an, was er über die Qualität der Spieler dachte; der Prinz jedoch wollte den Stachel, der ihm gegeben ward, bei jeder sich bietenden Gelegenheit einsetzen, den Feind zu stechen, und so rief er seine Leute nach einiger Zeit zusammen.

„Hört zu," begann er zu sprechen, „das Auge des großen Moctezuma ruht auf uns. Er kam hierher, im Glauben, Verlierer zu sehen, doch wir wollen ihm zeigen, daß wir Gewinner sind, wir wollen dem Azteken Angst einflößen und ihn so strafen für die Überheblichkeit unseren unterdrückten Völkern gegenüber. Viel können wir nicht tun, dem Erzfeind zu schaden, doch wir können ihn dort treffen, wo es ihm am meisten schmerzt - in seiner Ehre. Darum laßt uns ihm ein Spiel vorführen, das ihm zeigt, wie sehr er um Maxtla bangen muß; das wird ihm für einige Nächte den Schlaf rauben."

Die anderen waren sofort einverstanden. Sie hatten sich gut eingespielt auf dem kleinen Platz, und die beiden Tlaxcalteken schon manches Mal den Ball durch den Ring geworfen. Daß sie das gleiche auf dem Ballspielplatz der Götter nicht mit derselben Leichtigkeit würden tun können, konnte der Neffe Ahuitzotls ja nicht wissen.

Der Prinz teilte seine Leute in zwei Mannschaften. Die Mannschaft der Sonne bildeten er, Tariácuri und der Tarahumara. Zur Mannschaft des Mondes gehörten Balam, Maseescasi und Xochipilli.

Trotz ihrer fehlenden Ausrüstung spielten sie mit feurigem Eifer, als ständen sie sich als erbitterte Feinde gegenüber. Selbst der Tolteke spielte besser als von ihm erwartet, wenn er auch kaum am Punktemachen beteiligt war. Obgleich Piltecatl den Ball öfters durch den Ring warf als sein tlaxcalkischer Freund, gewann die Mannschaft des Mondes. Den größten Verdienst daran hatte wohl Balam, denn er schleuderte die Gummikugel so kraftvoll auf den Boden der anderen Spielfeldhälfte, daß die Gegner sie kaum aufzuhalten vermochten. Es gelang ihm sogar, einmal selbst durch den Ring zu schießen. Die Fähigkeit, den Ball weiter zu schleudern als jeder andere, nutzte er weidlich aus, indem er Stellen anspielte, wo kein Gegner stand; auch schoß er mitunter so, daß der Ball an der senkrechten Begrenzungsmauer abprallte und so die Richtung änderte, aber auch nach dem Aufprall noch kraftvoll genug durch die Luft pfiff, daß es schwer war, ihn zu erhaschen.

Nach zwei Stunden Spielzeit sanken die Männer erschöpft zu Boden. Die mitgebrachten Diener kamen herbei, die neuen Wunden und Verletzungen zu behandeln. Moctezuma gab seinem Gefolge ein stilles Zeichen, und die Sänftenträger trugen ihn davon. Was er gesehen hatte, bestätigte seine schlimmsten Befürchtungen.

In dieser Nacht konnte Piltecatl lange nicht schlafen. Er ging hinaus in den Garten und spazierte, in Gedanken versunken, unter den Strahlen des Mondes durch die blumengeschmückte Anlage. Plötzlich vermeinte seine Nase einen leichten Brandgeruch wahrzunehmen. Er sah sich um und bemerkte Licht in Balams Kammer. Der Geruch rührte aber nicht von der Fackel her, er sah leichte Rauchschwaden aus der Türöffnung quellen. Neugierig spähte er hinein.

Der Huaxteke saß nackt auf dem Boden. Er hatte eine Schnur mit eingeflochtenen Dornen durch die Spitze seines Penis gezogen, an der dicke Blutstropfen hinabrannen auf Streifen weißen Papiers. Von Zeit zu Zeit warf er die blutgetränkten Streifen in eine vor ihm stehende Schale, in der ein kleines Feuer brannte. Mit entrücktem Blick starrte er dabei unablässig in den aufsteigenden Rauch.

Piltecatl wußte, daß Balam sein Blut opferte, um seine Ahnen aus dem Jenseits zu rufen. Nur für ihn sichtbar erschienen sie in den Rauchwolken des brennenden Blutes, nur für ihn hörbar sprachen ihre Stimmen zu ihm. Der Tlaxcalteke wollte ihn nicht stören bei der Zeremonie, doch Balam hatte ihn schon bemerkt und hielt ihn zurück.

„Ich habe meine Vorfahren gebeten, mir die Zukunft zu prophezeien." erklärte er mit flüsternder Stimme.

„Was sagen sie?" erkundigte sich der Prinz interessiert.

„Sie sagen, daß Licht über dir strahlen wird, Piltecatl." erwiderte der Huaxteke wie in Trance. „Sie sagen auch, daß Dunkelheit sein wird über Tariácuri."

„Er wird sterben?"

Balam nickte. Er schloß die Augen und schien in Schlaf zu fallen. Der Blutverlust hatte ihn erschöpft. Piltecatl wandte sich ab und ging wieder hinaus in den Garten. Was er gehört hatte, stimmte ihn traurig.

Als er hinaus war, öffnete Balam die Augenlider wieder. Etwas hatte er dem Freund nicht gesagt. Seine Ahnen sagten, Dunkelheit sei auch über ihm, über Balam selbst.

Zur selben Zeit saß Moctezuma mit dem Tlacatecuhtli im Garten des herrscherlichen Palastes zusammen und berichtete ihm vom Training der Mannschaft des Tlaxcalteken. Auf Ahuitzotls Stirn zeigten sich Sorgenfalten.

„Du glaubst also, es besteht die Möglichkeit, daß sie das Turnier tatsächlich gewinnen könnten?" vergewisserte er sich.

„Was ich gesehen habe, ist erstaunlich." erzählte ihm sein Neffe. „Sie spielen ohne Ausrüstung, aber dennoch so hart, als gelte es ihr Leben. Schon sind ihre Körper über und über von Narben bedeckt, und sie scheinen keinerlei Schmerz mehr zu spüren. Sie alle beherrschen das Spiel, als hätten sie ihr Lebtag nichts anderes gemacht; selbst Xochipilli. Der einst dicke ist nur noch ein Schatten seiner selbst, soviel von seinem Fett hat er verloren, und er erweist sich als guter Sportler, wenn er auch der schlechteste der sechs ist. Die beiden Tlaxcalteken beherrschen alle Tricks des Spieles, und der Huaxteke spielt unter Einsatz seiner ganzen Kraft, für ihn scheint die Kautschukkugel nur ein Federball zu sein. Der Sklave aus dem Norden steht den anderen kein bißchen nach. Ich befürchte, wenn wir wollen, daß Maxtlas Sieg so sicher ist wie in den letzten Jahren, müssen wir etwas unternehmen."

„Ist Maxtla selbst genauso pessimistisch wie du?"

„Nicht im geringsten. Aber Maxtla ist viel zu stolz, als daß er zugeben würde, jemand könnte ihn schlagen."

„Wir haben zuviel gewagt." stellte Ahuitzotl fest. „Wir glaubten uns sicher, doch Piltecatls Ehrgeiz hat uns einen üblen Streich gespielt. Wer konnte auch ahnen, daß er ein solch unglaubliches Vorhaben ausführen könnte? Seit der Herrschaft meines Bruders Axayacatl, seit der Eroberung von Tlatelolco, hat unsere Tlachtli-Mannschaft keine Niederlage mehr gesehen."

„Das muß auch so bleiben. Wenn die Fremden siegen, ist das für die uns botmäßigen Völkerschaften vielleicht ein willkommenes politisches Signal, daß unsere Macht verletzbar ist. Die Krieger der Tlaxcalteken, der Huaxteken und der Michuaquí werden uns noch erbitterter bekämpfen, und die uns im *tlachtli* schlugen, werden ihnen als strahlende Helden voraneilen. Das darf nicht sein. Wir müssen tun, was in unserer Macht steht, um unseren Sieg sicher zu machen."

„Was schlägst du vor?"

„Wir müssen einen Weg finden, einen ihrer besten Spieler aus der Mannschaft zu entfernen und durch jemanden ersetzen, der völlig untauglich ist, ihr zum Sieg zu verhelfen."

„Denkst du etwa an ein Attentat?" fragte der Tlacatecuhtli bestürzt.

„Nein." erwiderte Moctezuma kühl. „Sie sind immer zusammen, einen von ihnen unbemerkt zu töten ist unmöglich, außerdem wird die Schuld immer auf uns zurückfallen. Wir sollten statt dessen den Willen der Götter als Anlaß nehmen. In wenigen Tagen findet das Fest des Xipe Totec statt, und der Hohepriester hat noch niemanden gewählt, der als Kampfopfer sterben soll. Wir sollten ihn davon überzeugen, daß die Wahl auf den Huaxteken fallen müsse."

„Bist du von Sinnen? Das hieße, die Götter zu betrügen! Die Spieler sind schon den Göttern geweiht, wir dürfen sie nicht antasten."

„Wir nicht. Nur der Spruch des Huitzilopochtli, des allerhöchsten der Götter, kann sie von Xolotl lossagen und sie dem Xipe Totec zuweisen."

„Warum sollte aber der Hohepriester einen falschen Spruch verkünden? Er würde den Zorn der Götter auf sich ziehen, wenn er mit falscher Zunge spricht."

„Gib ihm einen Anreiz, es zu wagen." beharrte Moctezuma. „Ihn wird die Rache der Himmlischen treffen, nicht uns. Aber ich bin sicher, für Reichtum verkauft er die Lüge als göttliche Wahrheit."

„Ich werde sehen, was sich tun läßt. Doch wenn der Huaxteke ausgeschaltet ist, wen sollen wir an seine Stelle setzen?"

„Tenochtitlán ist voll von Gefangenen."

„So einfach ist das nicht. Der Auserwählte muß entweder von hoher Geburt sein oder als guter Krieger gelten. Krieger sind aber auch gute Sportler, und unter den Fürstensöhnen, die sich in unserer Gewalt befinden, gibt es kaum einen, der Piltecatls Mannschaft Unglück bringen würde. Bedenke, was diese Männer selbst aus

Xochipilli gemacht haben."

„Was ist mit Tehuch, dem Sohn des Fürsten von Cempoala? Er ist ein kraftloses, kleines Bürschchen, das Piltecatl mehr Fluch als Segen bringen wird, und in der wenigen Zeit, die ihm noch verbleibt, wird er ihn nicht richtig trainieren können."

Aber Ahuitzotl schüttelte betrübt den Kopf.

„Nein, Tehuch kommt nicht in Frage. Die Götter haben ihm keine Kraft gegeben, dafür aber die Zunge des Dichters, und seine Verse haben das Herz meiner Tochter Xochiquetzal gefangengenommen. Sie ist ihm in Liebe zugetan, er weilt täglich an ihrem Hofe, und ihn zu opfern würde ihr das Herz brechen. Sie ist mir das liebste meiner Kinder, und nie könnte ich ihr ein solches Leid zufügen."

„Bedenke, daß Tehuch der idealste Mann für unser Vorhaben ist." redete ihm Moctezuma ins Gewissen.

Sein Onkel blickte ihm vorwurfsvoll in die Augen. Der Blick allein genügte, um Moctezuma zu zeigen, daß der Tlacatecuhtli seine Tochter höher schätzte als den Sieg Maxtlas.

„Laß mich dir einen Vorschlag machen." versuchte er es dennoch weiter. „In meiner Leibgarde gibt es einen Mann, der über alle Maßen schön ist. Sein Benehmen ist edel, und seine Zunge versteht sich auf das Formen süßer Worte, die Eingang in jedes Frauenherz finden. Es gibt kein Mädchen, das ihm widerstehen könnte. Versetze ihn zu den Kriegern, die den *tecpan* deiner Tochter Xochiquetzal bewachen, und ich verspreche dir, in wenigen Tagen wird sie von Tehuch nichts mehr wissen wollen und nur noch Augen für ihn haben."

„Gut, ich lasse es ihn versuchen." lenkte Ahuitzotl müde ein. „Dann bleibt nur noch, den Hohepriester zu verleiten, Huitzilopochtlis Spruch über das Opfer des Xipe Totec zu fälschen. Ich werde mich noch heute nacht zu ihm begeben."

Freudig erhob sich Moctezuma.

„Wenn dieser Plan gelingt, wird Maxtla siegen, und wieder einmal haben wir bewiesen, daß die Mexica unschlagbar sind."

Zwei Tage später, am frühen Morgen, stand der Tlacatecuhtli auf der Tempelpyramide und räucherte den Göttern. Unten verließ ein alter Mann mit schlohweißem Haar und im Gewand des Priesters den Tempel, der den heiligen Nopalkaktus umschloß, und stieg langsam und gemessenen Schrittes die Treppe hinauf. Oben angelangt, legte er das frische Herz eines Knaben auf den Altar des Kriegsgottes und wandte sich an seinen Herrscher.

„Großer Tlacatecuhtli, höre den Spruch des Huitzilopochtli, deines Herrn." begann er mit singender Stimme zu sprechen. „Der Herr der Götter hat ein Opfer ausgewählt für Xipe Totec, und er befiehlt dir, dieses und nur dieses dem Gotte darzubringen. Für das Opfer hat er Balam, den Krieger der Huaxteken, von den Banden Xolotls befreit. Wirst du seinem Befehle gehorchen?"

„Ja, das werde ich." erwiderte Ahuitzotl mit befriedigt lächelnder Miene. „Sogleich soll er ins Heiligtum Xipe Totecs gebracht werden, wo er die Zeit bis zum Fest verbringen wird."

Und er wandte sich um an seine Leibgarde, um Männer auszusenden, die sich des Huaxteken annehmen sollten.

Die Mannschaft Piltecatls war wie jeden Tag auf dem Trainingsplatz, als fünfzig Adler- und Jaguarkrieger mit wehenden Standarten über die Tribüne hinabgestiegen kamen. Ihr Anführer stellte sich vor den Prinzen und richtete die Spitze seines Speeres gegen Balams Brust.

„Ich fordere den Huaxtekenkrieger aus eurer Mitte." tönte er. „Er ist bestimmt, zu Ehren Xipe Totecs in zwei Tagen auf dem Kampfplatz zu sterben."

Bestürzt sah der Tlaxcalteke den Boten an.

„Aber das ist nicht rechtens!" rief er. „Balam steht unter dem Schutze Xolotls, Xipe Totec hat kein Recht an ihm. Ihr dürft ihn nicht antasten!"

„Hast du nicht den Spruch Huitzilopochtlis vernommen?" fragte der Krieger drohend. „Xipe Totec verlangt dieses Opfer, und der Herr der Götter hat ihn von Xolotl freigesprochen."

„Ich werde ihn nicht herausgeben!" brüllte Piltecatl und stellte sich entschlossen zwischen Balam und die Azteken, obwohl er, unbewaffnet, keine Chance gegen ihre Übermacht hatte. „Ich verlange sofort eine Audienz beim Tlacatecuhtli, er soll dieses Unrecht aufdecken!"

Wie ein aufgeplusterter Kampfhahn stand er den gesenkten Lanzenspitzen der Azteken gegenüber, bereit, sich auf sie zu stürzen und sie mit bloßen Fäusten vom Platz zu treiben. Doch Balam legte ihm die Hand auf die Schulter und schob sich an ihm vorbei.

„Mach keine Dummheiten." redete er auf den Prinzen ein. „Es ist vorbei. Niemand bereitet dem Tlacatecuhtli von Tenochtitlán ungestraft ein Ärgernis. Jetzt hast du seine Antwort auf unser fabelhaftes Spiel unter den Augen Moctezumas. War trotzdem nett, dich kennengelernt zu haben." Und zu den aztekischen Kriegern brüllte er mit seiner donnernden Stimme: „Zum Kampfopfer bin ich auserwählt? Wohlan, das ist nach meinem Geschmack. Dutzende von euch werden ihr Leben verlieren, bevor ich das meine auf dem Kampfplatz aushauche!"

Die Krieger umringten ihn und führten ihn vom Ballspielplatz weg. Die Zurückgebliebenen sahen ihnen mit tiefster Bestürzung nach. Piltecatl sank auf die Knie und legte den Kopf in seine Hände. Mit Balam ging auch seine Hoffnung auf den Sieg.

Maseescasi trat an seine Seite.

„Der Tlacatecuhtli hat uns seine Macht gezeigt." stieß er wütend hervor. „Sogar Huitzilopochtli spricht schon nach seinem Willen. Der Ersatzmann, den er uns für Balam schicken wird, ist sicher keine große Hilfe bei unserem Vorhaben."

„Wir machen trotzdem weiter wie bisher." verkündete der Prinz mit gebrochener Stimme. „Wenn wir auch nicht siegen können, so soll sich Maxtla seinen Sieg wenigstens teuer erkaufen."

„Du Verblendeter!" schrie Tariácuri ihn an. „Begreifst du denn nicht, daß wir nie eine Chance hatten? Wofür haben wir trainiert? Für nichts und wieder nichts. Wofür habt ihr Xochipilli halb tot geprügelt? Wofür hat der Tarahumara sein Leben aufs Spiel gesetzt? Für eine fixe Idee von dir! Für einen Traum, nichts weiter. Wach endlich auf, Piltecatl, und sieh, daß man das Schicksal nicht betrügen kann. Entlasse uns aus diesem Martyrium. Wir haben noch zwei Wochen bis zum Spiel, die letzte Zeit, in der wir noch irdische Freuden genießen können. Gib endlich auf und laß uns die Freiheit, die uns noch verbleibt!"

Piltecatl schnellte auf wie ein sprungbereiter Jaguar. Er wollte keinen Widerspruch, er wollte nicht, daß irgendjemand seine Befehle in Frage stellte. Er wollte kämpfen bis zum bitteren Ende, und wenn es nur war, um niemals ein Zeichen der Schwäche zu zeigen. Doch als er dem Michuaquí in die Augen sah, fiel ihm kein Wort der Widerrede ein. Sein Zorn auf Tariácuri verrauchte, denn im Grunde hatte dieser Recht. Piltecatl hatte verspielt, und er tat nicht gut daran, die anderen für seinen Traum zu opfern. Zum ersten Mal wurde ihm bewußt, wie erbärmlich sie alle aussahen, von der Anstrengung ausgemergelt ihre Gesichter, ihre Körper abgemagert bis auf die Knochen, die Haut bedeckt von Schwären und Schürfungen und Quetschungen, ihre gebrochenen Nasen geschwollen und schief und die glanzlosen Augen tief in den schwarzgeränderten Höhlen. Wie Gespenster der Nacht, heraufgeirrt aus den Tiefen von Mictlan. Tariácuri hatte Recht. Er durfte sie nicht weiter quälen. Sie hatten mehr für ihn gegeben, als ihm zustand, es war Zeit, sie aus der Pflicht zu entlassen, die er ihnen aufgebürdet hatte. Er war nicht der Tlacatecuhtli, der sich anmaßte, mit Menschen zu spielen wie mit Marionetten.

Ein letztes Mal nahm er all seine Kraft zusammen, um ein paar Worte auszusprechen. Das Eingeständnis der Niederlage fiel ihm schwerer als alles, was er in dieser Zeit geleistet hatte.

„Ich entbinde euch von eurem Versprechen." hauchte er mit tonloser Stimme. „Bis zum Tag des Turniers sei euch gestattet, zu tun, was ihr selbst wollt. Alle meine Beschränkungen werde ich aufheben. Ihr sollt leben, solange ihr noch leben könnt."

„Nein!" brüllte eine energische Stimme dazwischen. Alle wandten sich um und sahen auf Yacaro, der sich doch sonst aus allen Konflikten herausgehalten und nie den Ton gegen irgendjemand erhoben hatte.

„Nein!" wiederholte er mit Nachdruck. Seit er mit den anderen zusammenlebte, sprach er das Nahuatl viel besser, und das gab ihm den Mut, nun zu ihnen zu sprechen. „Wenn ihr glaubt, ihr schuldet nur Piltecatl etwas, dann irrt ihr euch. Mir schuldet ihr genauso viel. Als ich durch Tenochtitlán lief, einen ganzen Tag lang, da tat ich es für mich, um meine Heimat wiederzusehen, meine Eltern, meine Frau und die beiden kleinen Söhne, die ich zurückgelassen habe. Aber ich tat es auch für dich, Tariácuri, damit du wieder fischen kannst in den Seen deiner Heimat, und für dich, Maseescasi, auch für dich, Xochipilli, obgleich du das Opfer wünschst, aber mir hast du es zu verdanken, wenn Tenochtitlán dir einst als Helden zujubelt. Ich war Sklave, aber mein Leben war nicht in Gefahr, und indem ich zu euch stieß, nahm ich den Tod auf dem Opferstein in Kauf. Wenn ihr aufgeben wollt, dann tötet ihr mich. Wenn ihr geht - ich bleibe bei Piltecatl, ich mache weiter, damit die Leute in meinen Bergen dereinst sagen können, ich sei als Held gestorben. Wenn ihr aber bleibt, dann weiß ich, daß ich nicht sterben werde."

„Aber ohne Balam können wir nicht gewinnen!" beharrte Tariácuri. „Jedes weitere Training wäre verlorene Mühe."

„Nein!" tönte der Tarahumara und trat vor den Michuaquí hin. „Als ich sagte, ich könne einen Tag lang laufen, ohne zu ermüden, da hast du über mich gespottet. Ich habe dir deinen Spott vergolten. Jetzt spottet ganz Tenochtitlán über uns. Wollt ihr es spotten lassen? Wollt ihr die Azteken sagen hören: Seht her, daß sind die Narren, die siegen wollten, und jetzt gehen sie zum Opferstein? Sieh meine Beine an, Tariácuri! Es sind dieselben Beine wie du sie hast, kein Muskel mehr ist an ihnen. Aber du verstehst sie nicht zu gebrauchen, mich aber tragen sie überall hin. Glaubst du denn, das liegt an den Beinen?"

„Aber woran dann?" fragte der Michuaquí verwirrt.

„Am Willen." entgegnete Yacaro. „Nicht die Beine sind es, die dich tragen, nein, dein Wille trägt dich. Ihr sagt, wir sind keine so guten Spieler wie die Azteken. Ich sage euch, ihr irrt. Die Azteken trainieren ihre Beine, ihre Arme, aber wir haben unseren Willen trainiert. Sieh dir Xochipilli an. Wir haben ihn gezwungen, es uns gleichzutun, doch ohne einen festen Willen wäre er gestorben unter der Qual. Du aber bist wie der Mann, der einen Berg besteigt; er geht drei Tage, und drei Stunden hat er noch bis zur Spitze, aber er kehrt um, weil ein Sturmwind aufzieht, und umsonst ist er drei Tage hinaufgeklettert. Willst du, das alles umsonst war?"

„Aber ohne Balam…"

„Du bist ebensogut wie er, wenn du es nur willst."

Tariácuri verstummte, und auch die anderen brachten zunächst kein Wort heraus. Über Yacaros Wangen aber liefen Tränen, derer er sich nicht schämte.

„Vielleicht haben wir ja doch eine Chance." murmelte ausgerechnet Xochipilli. „Die Sache mit Balam hat sich der Tlacatecuhtli doch nur deswegen ausgedacht, weil er uns fürchtet. Und da er uns fürchtet, müssen wir gut sein."

„Verdammt gut sogar." bekräftigte Piltecatl.

„Colhuacán wäre stolz auf mich, wenn wir siegen würden." sprach der Tolteke wie im Traum. „Noch in hundert Jahren würde man Lieder über mich singen."

„Bleibst du dabei?" fragte ihn Maseescasi.

„Ich habe doch nichts mehr zu verlieren. Was soll ich noch mit zwei Wochen irdischen Lebens?"

Plötzlich brachen Tränen auch aus Xochipillis Augen hervor, und er warf sich dem verdutzten Yacaro in die Arme.

„Mein ganzes Leben haben sie mich ausgelacht und verspottet." rief der Tolteke mit gebrochener Stimme. „Sie sagten, ich sei verrückt, weil ich mit den Blumen spräche, sie nannten mich Weib, weil ich nicht kämpfen kann. Yacaro, Yacaro, sag mir, werden sie mir zujubeln, werden sie mich feiern, die mich einst verspottet haben, werden sie das tun, wenn wir siegen?"

„Das werden sie." entgegnete ihm der Tarahumara.

„Dann laßt uns es ihnen zeigen!" rief Xochipilli und preßte Yacaro noch fester an sich.

Piltecatls Gesicht strahlte plötzlich wieder vor Freude. Begeistert warf er sich den anderen ebenfalls in die Arme, und Maseescasi folgte ihm. Sie hielten sich an den Händen und spürten, wie etwas gemeinsames, eine Kraft, sie durchflutete, die sie noch stärker aneinanderband.

„Ich hatte noch niemals Freunde." hauchte Xochipilli. „Ist dies das Gefühl, wenn man Freunde hat?"

„Ja, das ist es." antwortet Piltecatl und zog des Tolteken Kopf auf seine Brust herab. „Wir sind Freunde, Xochipilli."

Nur Tariácuri stand noch abseits.

„Nun seid ihr alle vollends durchgedreht." rief er skeptisch. „Sie werden Balam töten, und ihr vollführt hier Freudentänze."

„Wirst du weitermachen?" wandte sich Piltecatl an ihn. Er hatte Angst vor der Antwort.

Tariácuri zögerte.

„Es wird Zeit, daß mir endlich einmal jemand beibringt, wie man diesen verdammten Ring trifft." knurrte er schließlich.

„Dann laß uns gleich anfangen." rief der Prinz und holte sich einen Ball. „Du mußt uns Balam ersetzen."

Wenn ihr Wille nur stark genug war, dann mußten sie es schaffen!

Niemand erwartete an diesem Tage noch eine weitere Katastrophe. Doch sie kam, verhängnisvoll und unvorhersehbar. Sie geschah, als Tariácuri seinen ersten Ball durch den Ring schoß. Er war hoch gesprungen, die Kugel zu erhaschen, er sah noch, wie sie durch das Loch in der Mitte des Ringes flog, als er wieder auf dem Boden aufkam und ein stechender Schmerz durch seinen Knöchel raste und er der Länge nach hinfiel. Er achtete nicht weiter darauf, wollte sich erheben, aber als er seinen rechten Fuß aufsetzte, knickte dieser unter ihm weg, als wäre er aus Watte, und der Michuaquí brach zusammen. Sorgenvoll eilten die anderen auf ihn zu, und da sahen sie schon, daß sein Fuß auf merkwürdige Weise verdreht war. Das Gelenk war rot und angeschwollen, und ein blutiger Knochensplitter ragte aus der Haut.

Piltecatl ließ sich nieder und betastete das verletzte Glied. Der Knöchel war gebrochen, doch nicht einfach, vielmehr fühlten seine Finger eine Ansammlung loser Stücke, die sich im Gewebe des Fleisches bewegten. Der Knochen war gesplittert wie zerschlagener Ton.

Einer der Diener, der sich ein wenig auf Heilkunde verstand und deshalb jeden Tag mit ihnen war, nahm sich des Verletzten an. Nach kurzer Untersuchung bestätigte er, was der Prinz befürchtet hatte.

„Das heilt nicht in zwei Wochen. Vielleicht bleibt der Fuß für immer verkrüppelt."

„Ich habe durch den Ring geschossen!" rief Tariácuri, als verstände er nicht, was um ihn herum vorging. „Yacaro hatte recht. Ich habe durch den Ring geschossen, wir können siegen!"

Piltecatl legte ihm mitfühlend die Hand auf den kahlgeschorenen Kopf.

„Wir werden dich nach Hause bringen. Und dann lasse ich deine beiden Sklavenmädchen zurückholen, damit sie dich gesund pflegen."

Tariácuri sah auf seinen Fuß.

„Das war's dann wohl, oder?" hauchte er.

„Das war's." erwiderte der Prinz. „Die Götter waren gegen uns."

„Das heißt, wir werden nicht gewinnen?" winselte Xochipilli bestürzt. „Wir werden keine Helden sein?"

„Wir sind auch so Helden, ohne gewinnen zu müssen." entgegnete Yacaro kleinlaut.

Der Michuaquí wurde zum Einbaum getragen, mit dem sie zurück nach Hause fuhren. Keiner sagte mehr ein Wort. Sie wußten, daß sie nun endgültig verspielt hatten. Zwei Männer konnten sie nicht ersetzen. Wer immer auch für die beiden einspringen sollte, es war ihnen klar, daß Ahuitzotl ihnen absolute Schwächlinge schicken würde.

Die Nacht war hereingebrochen. Einige Gassen vom *teopan* entfernt glitt ein Kanu mit zwei Männern durch einen der Kanäle und machte nicht weit vom Tempelplatz fest. Während der Ruderer zurückblieb, zwischen großen, verschnürten Paketen, die fast das ganze Boot ausfüllten, schlich der andere durch die menschenleeren Straßen der Hauptstadt. Vor dem Hause des Hohenpriesters Huitzilopochtlis, desjenigen, der den falschen Orakelspruch verkündet hatte, hielt der Fremde, sah sich um, ob niemand in der Nähe war, und klopfte an die Tür. Nach einiger Zeit öffnete ihm ein Sklave.

„Melde deinem Herrn, ein Diener des Chichimeca Tecuhtli von Texcoco wünscht ihn sofort zu sprechen." raunte der Fremde ihm zu.

Der Sklave ließ den späten Gast herein und eilte dann, den Priester zu wecken. Es dauerte nicht lange, und dieser kam angeschlurft, nicht wenig erstaunt über den Besuch. Der Diener des Herrn von Texcoco hielt sich dicht in einen Mantel gehüllt und hatte das Gesicht bedeckt.

„Der *hueytlatoani* von Texcoco entbietet dir seinen Gruß, Notlazomahuizteopixcatatzin!" sagte er. „Ich muß dich allein sprechen."

Der Priester schickte den Sklaven weg und versperrte sorgfältig alle Türen. Als er sich wieder umsah nach dem Boten, warf dieser den billigen Mantel ab und zeigte sein Gesicht. Verdutzt warf sich der Hausherr vor der Gestalt zu Boden, denn er hatte erkannt, daß kein Diener vor ihm stand, sondern der Chichimeca Tecuhtli in eigener Person.

Dieser setzte sich auf die Bastmatten am Boden und bedeutete dem Priester, ebenfalls Platz zu nehmen.

„Hör mir zu, Notlazomahuizteopixcatatzin!" begann er mit drohender Stimme zu reden. „Die Götter von Texcoco sind erzürnt darüber, daß ihr die heiligen Weissagungen mit Füßen tretet. Sie zürnen dir und dem Tlacatecuhtli, daß ihr euch anmaßt, menschlichen Willen als göttlichen zu verkünden."

Der Priester erbleichte.

„Ich weiß nicht, wovon du redest." leugnete er trotzdem.

„Hör auf mit dem Spiel." fuhr ihn der Herr von Texcoco barsch an. „Dein Lügen nützt dir nichts, denn deine Schuld ist erwiesen. Ich bin nicht hier, um über dich zu richten, vielmehr habe ich es mir zur Aufgabe gemacht, dir die Möglichkeit zu geben, den Zorn der Götter zu besänftigen, indem du deinen Verrat rückgängig machst."

„Aber das geht nicht!" ereiferte sich der Priester angstvoll. „Der Tlacatecuhtli selbst hat mir befohlen, was ich ihm von Huitzilopochtli verkünden sollte."

„Der Tlacatecuhtli hat dich bestochen. Er hat dich mit Reichtum verblendet, damit du den Dienst an den Göttern mißbrauchst. Dient der Tlacatecuhtli den Göttern oder dienen die Götter ihm?"

„Was verlangst du von mir?"

„Du mußt das Opfer rückgängig machen. Balam darf nicht für Xipe Totec sterben, er muß wieder dem Xolotl geweiht werden."

„Aber das ist unmöglich." rief der Priester entsetzt. „Wie soll ich das dem Tlacatecuhtli erklären?"

„Dann mußt du ihn täuschen."

„Dazu reicht meine Macht nicht aus." widersetzte sich der Priester.

„Deine Macht geben dir die Götter. Dem Tlacatecuhtli geben seine Krieger seine Macht. Wessen Macht ist stärker?"

„Du bringst mich in eine noch viel schlimmere Lage als mein Herr!"

„Es soll auch nicht unbelohnt bleiben. Ich weiß nicht, was Ahuitzotl dir gab, damit du seinen Willen tatest. Ich gebe dir mehr." Er nahm einen Beutel aus seinem Gürtel, öffnete ihn und reichte dem Priester einen großen Smaragd von ausgewählter Schönheit. „Draußen in meinem Boot liegen zwanzig Quetzalfedermäntel, zwei Ladungen Kakaobohnen und eine Kiste mit Schmuckstücken aus Jade für dich."

„Ich weiß nicht, ob ich all das verdiene." lenkte der Priester ein, doch seine Augen glühten vor Gier. „Es gibt nur eine Möglichkeit, das Opfer zu verhindern, ohne daß Ahuitzotl den Grund dafür bemerkt. Es könnte aber leicht geschehen, daß mein Plan mißglückt. Alles hängt von der Stärke des Opfers ab."

„Dann berichte mir, was du vorhast."

Später in derselben Nacht hatte Balam ein merkwürdiges Erlebnis. Man hatte ihn in ein Haus gebracht, das zum Heiligtum des Xipe Totec gehörte, und gleich hinter dem Raum, in dem er schlief, lag ein kleiner Garten am schilfbestandenen Ufer eines Kanals. Es war schon weit nach Mitternacht, als irgendetwas ihn aus dem Schlaf schreckte. Als er den Blick hob, sah er eine schattenhafte Gestalt in der Tür zum Garten verschwinden. Er sprang auf und eilte hinterher, doch draußen war niemand.

Er wollte sich schon wieder ins Bett begeben, weil er glaubte, geträumt zu haben, als eine leise Stimme seinen Namen rief. Erstaunt sah er sich um und gewahrte, wie die Schilfstengel am Ufer sich sacht bewegten, obwohl kein Windhauch wehte.

„Wer bist du?" fragte er flüsternd.

„Das Schilf." erscholl es ebenso leise aus dem Röhricht.

„Mach keine Scherze. Was willst du hier? Bringst du Nachricht von Piltecatl?"

„Nein. Ich bringe dir Nachricht von Huitzilopochtli und Xolotl, die um dich betrogen wurden."

„Was für eine Nachricht?"

„Nur diese: Du mußt acht Krieger nach Mictlan schicken, dann ist dein Leben gerettet, und Xolotl erhält dich zurück."

„Sag mir, was der Spruch zu bedeuten hat." verlangte Balam, doch als Antwort erklang nur ein Rascheln, dann war es still. Der Huaxteke ging ins Schilf hinein, den fremden Boten zu suchen, doch er fand ihn nicht. Offenbar war er über das Wasser des Kanals davongeschwommen.

Nachdenklich ging er zurück in seine Kammer. Plötzlich kam ihm die Erleuchtung, und er verstand, was der geheimnisvolle Spruch zu bedeuten hatte. Balam war zum Kampfopfer ausersehen, er hatte eine Art Gladiatorenkampf auszutragen, solange, bis sich ein Gegner fand, der ihn niederstrecken konnte. Sein Handicap dabei war, daß man ihn anbinden würde und jeweils zwei Krieger gleichzeitig auf ihn eindrangen. Er hatte schon von heldenhaften Kämpfern gehört, die zehn oder mehr Gegner umbrachten, bevor sie den Todesstoß erhielten, aber solche Fälle waren selten. Acht Krieger zu töten und dabei am Leben zu bleiben war eine schwierige Sache. Aber Balam fühlte sich in Hochform, und zum ersten Male seit heute morgen setzte er wieder sein sardonisches Grinsen auf. Jetzt sollten die Azteken ihn wirklich kennenlernen.

Am Morgen des *tlacaxipeualiztli* prangte der Tempelbezirk Tenochtitláns in festlichem Schmuck. Für den Tlacatecuhtli und seinen Hofstaat, die hohen Beamten und Adligen der Stadt hatte man eine Tribüne errichtet am Rande des Platzes, der sich zwischen dem *teocalli* und dem Tempel Quetzalcoatls erstreckte und wo das *tzompantli* sowie der Kampfplatz für das Opfer standen. Auf der anderen Seite dieses Freiraums erhob sich der kleine Tempel des grausamen Frühlingsgottes, wo sich die Szenen des ersten Teiles der religiösen Zeremonie abspielen sollten. Hunderte von Tänzern und Tänzerinnen in farbenprächtigen Festgewändern und Federschmuck zeigten ihre Künste auf dem von Menschen umsäumten Areal, unter den Klängen der Flöten und dem ekstatischen Rhythmus der Trommelschläge wiegten sie ihre Körper im atemberaubenden Reigen von Tänzen, die in ihrer Sprache von Kampf und Liebe, von Leben und Tod berichteten, und erfreuten die Herzen der Zuschauer. Die Priesterschaft hatte sich versammelt; die Diener des Xipe Totec vor ihrem Heiligtum, die von Huitzilopochtli und Tlaloc, unter ihnen der Hohepriester, auf der Plattform des großen *teocalli*.

Für jene, die nicht zu den Ersten der Stadt gehörten, aber einen nicht eben niederen Rang bekleideten, die *calpullec*, die *pilli* und einige hochverdiente *cuauhpipiltin*, war ein Platz zwischen der Tempelpyramide und dem Heiligtum des Frühlingsgottes reserviert, hier fanden sich nicht nur Maxtlas Ballspieler ein, sondern, wenig berührt von all dem fröhlichen Treiben um sie herum, Piltecatl und seine Männer. Mit finsteren Mienen sahen sie Ahuitzotl inmitten seiner Pracht dasitzen und wußten hinter seiner Stirn die intriganten Gedanken, die sie ins Unglück gestürzt hatten, wußten um seine selbstgefällige Zufriedenheit, und sie wünschten ihm alles nur mögliche Böse, weil sie nichts anderes mehr tun konnten denn Verwünschungen gegen den Verhaßten auszustoßen. Tariácuri war als einziger zu Haus geblieben; die Verletzung seines Fußes hinderte ihn, Balams letzten Gang zum Opferplatz mitzuerleben.

Die Musiker und Tänzer boten ein buntes Programm, dem sich auch bald Gaukler und Schauspieler zugesellten; sie alle priesen den

Gott des Frühlings und der aufgehenden Saat, der doch die Erde mit Blut tränkte. Plötzlich aber verstummte das lärmende Treiben, und eine beängstigende Stille hielt Einzug auf dem Platze, nur unterbrochen von monotonen, dumpfen Trommelschlägen. Unter den erwartungsvollen Blicken der Zuschauer führten die Priester Xipe Totecs das erste Opfer vor. Den Bräuchen entsprechend war dies ein Sklave von niedriger Geburt, der die Treppe des Tempels ersteigen mußte, nackt, die Haut mit roter Farbe bemalt. Oben angelangt, wurde er gepackt und bäuchlings auf einen Opferstein gelegt, während das Oberhaupt der Priesterschaft des Frühlingsgottes singend den Herrn der Fruchtbarkeit pries. Ein anderer trat mit einem Messer aus weißem Obsidian an das Opfer heran; auf ein Zeichen seines Vorgesetzten setzte er dem Unglücklichen die Klinge an den Anus und schnitt ihm sorgfältig die Haut entlang des Rückgrates bis zum Hinterkopf auf. Andere Priester lösten mit ihren Messern die Haut vom Körper des schreienden Mannes und begannen, den Leib des Geschundenen aus ihr herauszuschälen. Sie zogen ihm das Gesicht vom blanken Schädel, daß sein Kopf furchterregend aussah ohne Lippen und Nase, eine Totenfratze mit riesigen, weißen Glubschaugen und doch noch lebendig, sie häuteten ihn wie man ein wildes Tier häutet, ohne ihn dabei umzubringen, sie hieben ihm letztendlich Hände und Füße ab und warfen den blutigen, zuckenden Leib die Treppe hinab, wo er, ein roter, sich windender Klumpen, elend verendete.

Inzwischen warf der Oberpriester seine Kutte ab, und die anderen zogen ihm die frischerbeutete Menschenhaut über und banden sie auf dem Rücken und am Hinterkopf mit Stricken zusammen. So herausgeputzt stieg der Priester die Treppe hinab und führte unten auf dem Platz seinen schauerlichen Tanz zu Ehren des Gottes auf.

Der Tanz des Priesters in der Menschenhaut währte eine ganze Weile, und er steigerte sich in eine immer ekstatischer werdende wilde Verzückung, er raste förmlich wie ein tollgewordener Wirbel über den Platz, während die fremde Haut unter den Strahlen der Sonne austrocknete und enger wurde und ihm schier die Luft zu nehmen schien. Dann brach er ohnmächtig zusammen, und seine Helfer eilten herbei, schleppten ihn hinauf zum Tempel und befreiten ihn aus dem gräßlichen Kostüm.

„Mir wird bange um Balam, wenn ich dies sehe." raunte Maseescasi.

„Sorge dich nicht." antwortete ihm Piltecatl. „Er wird so sterben, wie er es sich immer gewünscht hat - im Kampfe. Und wie ich ihn kenne, wird er vorher im Blute seiner Gegner baden."

Von neuem begannen die Tänzer auf den Platz zu strömen und sich unter Musik und heiligen Liedern der Priesterschaft zu bewegen. Inmitten dieses festlichen Tumultes kündigten die Muschelhörner von einem der Tore in der Schlangenmauer plötzlich das Nahen eines weiteren Gastes an. Es war der Fürst von Texcoco mit seinem Gefolge, ein Herrscher, wenn auch geringer an Macht als Ahuitzotl, der von vielen als wesentlich vernünftiger und gerechter erachtet wurde. Er zog die Tribüne hinauf und nahm nach einem kurzen Gruß den Platz in nächster Nähe des Tlacatecuhtli ein. Beide zeigten sie ein zufriedenes Lächeln, aber beide lächelten aus unterschiedlichen Gründen, und nur einer von ihnen würde noch lächeln, wenn das Fest zu Ende ging.

Endlich wurde der Tanz erneut unterbrochen und das Ereignis angekündigt, das die beiden Fürsten und Piltecatl, aber auch der Hohepriester, die einen mit Zuversicht, die anderen mit Bangen, gespannt erwarteten. Alle Blicke wandten sich wieder dem Tempel Xipe Totecs zu, wo, flankiert von den Priestern, das zweite Opfer des Tages herangeführt wurde. Ruhigen Schrittes ging Balam auf den scheibenförmigen Monolithen zu, auf dem der Kampf ausgetragen werden sollte. Er maß vier Meter im Durchmesser, und in seiner Mitte stak ein hölzerner Pfahl. Balam grinste in Erwartung des Blutbades, welches er unter seinen aztekischen Feinden anzurichten gedachte, und warf dem Adel der Stadt und den neugierigen Zuschauern höhnische Blicke voller Verachtung aus seinen vor Haß und Rachedurst blitzenden Augen zu. Beim Anblick seiner stämmigen Gestalt und seines kriegerischen Auftretens entfuhr vielen der Azteken ein Ausruf der Überraschung; einige der anwesenden Krieger erinnerten sich noch des streitbaren Huaxteken von der Schlacht her, in welcher er gefangengenommen worden war und wo er wie ein blutlechzendes Raubtier unter ihnen gewütet hatte.

Bevor er den Kampfplatz erstieg, ließ man Balam eine Waffe wählen. Er ignorierte das Obsidianschwert und den Speer und griff ohne Überlegen nach der langgestielten Kampfkeule mit dem schweren Kopf aus hartem Stein. So gewappnet bestieg er das monolithene Podest, wo ihm ein Priester ein Seil um die Hüften schlang und es an den Pfahl band, so kurz, daß er gerade die Hälfte des Weges bis zum Rand der Scheibe gehen konnte. Zu beiden Seiten stellten sich aztekische Krieger auf, mit den verschiedensten Waffen ausgerüstet, und warteten auf das Signal zum Beginn. Sie wußten, welch hartes Stück Arbeit vor ihnen lag.

Unter den ersten beiden, die auf die steinerne Scheibe stürmten, um Balam zu töten, befand sich auch jener Bote und Adlerkrieger, welcher den Huaxteken einige Tage zuvor in Gewahrsam genommen hatte. Balam warf den ersten Gegner mit einem vernichtenden Schlag seiner Keule vom Stein herunter, ohne daß dieser zum Angriff gekommen wäre, und entging dem Schwertschlag des Adlerkriegers, indem er sich hinter dem Pfahl in Deckung flüchtete. Während dieser wieder ausholte, stürzte sich Balam auf ihn und fing den zum Schlag erhobenen Arm mit dem Griff der Keule auf. Ein Tritt in die Hoden - von den Zuschauern mit zornigen Rufen quittiert - ließ den Gegner zusammenbrechen.

„Ich sagte dir ja, wie sehr ich mich auf das Kampfopfer freue. Jetzt weißt du, warum." zischte Balam und ließ die Keule auf den Schädel des Azteken sausen.

Noch während des tödlichen Schlages war ein anderer Krieger vorgestürmt, mit einem Speer in der Hand. Balam warf sich auf den Boden, und der Angreifer stolperte über das Seil, welches eigentlich die Chancen des Huaxteken minimieren sollte. Er schlug der Länge nach hin, während Balam blitzschnell wieder auf die Füße sprang; ein einziger Keulenhieb zerbrach dem Azteken das Rückgrat. Angreifer Nummer vier wollte den Todgeweihten überraschen und fiel ihm in den Rücken. Doch auf das flatternde Geräusch seiner Federkleidung hin hieb der Huaxteke mit seiner Waffe nach hinten, sich im Kreise drehend, und schmetterte dem anderen den Speer aus der Hand. Nummer fünf kam zu Hilfe, und einige Augenblicke focht dieser mit Balam Keule gegen Keule, bis der andere sich ein Obsidianschwert gegriffen, das einem seiner Vorgänger gehört hatte. Als er jedoch zuschlug, drehte Balam sich weg, und er traf seinen Kampfgenossen, fand aber keine Zeit mehr, es zu bedauern. Nachdem der Huaxteke die beiden vom Kampfplatz geworfen hatte, wandte er sich an das Volk der Stadt und brüllte ihm zu: „Wohlan, sendet mir mehr eurer Krieger her, und ich werde Tenochtitlán füllen mit Witwen und Waisen, auf daß kein Haus mehr einen Mann besitzt, der es ernähren kann."

So zuversichtlich wirkte er, daß Angreifer sechs und sieben, die eigentlich gar nicht an die Reihe zu kommen gedacht hatten, unwillkürlich erschauerten.

„Nur weiter so, Balam!" feuerte Piltecatl den Freund an, ohne darauf zu achten, welchen Unmut er bei seinen aztekischen Nachbarn hervorrief. „Füttere die Götter mit ihrem Blut!"

„Lange hält er das nicht durch." entgegnete Maseescasi. „So ein Kampf muß ihn schnell erschöpfen, einer der nächsten wird ihn töten."

Gerade als Angreifer Nummer sechs mit zertrümmertem Schädel zu Boden sank, tauchte der Hohepriester an der Seite des Tlacatecuhtli auf der Tribüne auf. Seine knochige Hand zitterte vor Erregung, und bleich waren seine Lippen.

„Du mußt dieses Opfer unterbrechen!" stieß er mit aufgeregt flüsternder Stimme hervor. „Sonst wird es sein, wie Balam sagte, Tenochtitlán wird untergehen, aller seiner Krieger beraubt."

Das berstende Krachen der Knochen von Nummer sieben klang klar und deutlich zu ihnen herüber.

„Was faselst du da?" fuhr Ahuitzotl ihn zornig an. „Bist du von Sinnen? Wie soll ein einzelner alle Kämpfer der Stadt besiegen?"

Noch rang Balam mit dem achten Gegner.

„Huitzilopochtli hat ihn mit seiner Kraft gestärkt, um sich an uns für den begangenen Frevel zu rächen. Balam wird nicht ermüden, er wird unbesiegbar sein bis zum Ende. Hunderte wird er töten, wenn du das Opfer nicht gleich unterbrichst. Sieh doch, wie er kämpft, sieh die Kraft des Kriegsgottes in ihm!"

Der Tlacatecuhtli war starr vor Schrecken, die Zuversicht vollends von ihm gewichen. Er hatte keinen Grund, des Hohenpriesters Märchen anzuzweifeln. Huitzilopochtli, der Schreckliche, ließ nicht mit sich spielen, er zeigte ihm, daß er der Herr war, der jetzt die Rache präsentierte für den schändlichen Frevel des falschen Orakelspruchs.

„Mach ein Ende, bevor es zu spät ist!" flehte der Hohepriester. Gerade wollte der Tlacatecuhtli sich erheben, um eben dies zu tun, als das Glück sich zu wenden schien.

„Du irrst dich!" rief Ahuitzotl triumphierend. „Sieh nur, sieh, er ist unbewaffnet!"

So war es in der Tat. Als sich Balam mit einem mächtigen Hieb seines Gegners entledigte, entfuhr die Keule seinen erschöpften Händen und fiel mit der Leiche von Nummer acht über den Rand der Scheibe. Auf ihr lagen keine anderen Waffen mehr, sie waren mit den Getöteten noch während des Kampfes hinuntergeschafft worden. Und während Balam, scheinbar wehrlos nun, auf das Wunder wartete, das ihm wie versprochen das Leben retten sollte, stürmten die nächsten Angreifer heran, sicher jetzt, den hartnäckigen Krieger ins Totenreich zu befördern.

Jetzt war es der Hohepriester, dem der Schreck in die Glieder fuhr, denn er sah die Schätze, die er vom Chichimeca Tecuhtli erhalten hatte, seinen Händen schon wieder entgleiten.

Ein Obsidianschwert raste indes auf den Huaxteken hernieder, der noch nicht bereit war, aufzugeben. Er wich dem Schlage aus, und die scharfe Schneide durchtrennte das Seil, mit dem er angebunden war. Balam war frei! Er stürzte mit bloßen Händen auf seinen Gegner los - der noch gar nicht begriff, daß er das Raubtier von der Kette gelassen hatte, und mit diesem Angriff überhaupt nicht rechnete - griff mit der einen Hand nach dessen Waffe, mit der anderen schlug er ihn zu Boden. Der zweite Angreifer hatte nicht einmal mehr Zeit, um auszuholen, so schnell war der Huaxteke über ihm und rammte ihm die schwarzen Klingen in den Leib.

Er sprang herunter vom Stein, griff sich wieder die Keule, mit der er wesentlich besser umzugehen verstand, und blickte hinüber zur Tribüne, umringt von aztekischen Kriegern, die auf ein Zeichen ihres Herrn warteten, sich vereint auf den Unzähmbaren zu stürzen, um ihm endlich den Todesstoß zu geben.

Ahuitzotl zitterte am ganzen Körper. Balam war frei, nur einen Steinwurf weit entfernt von der Tribüne, auf welcher er saß, und die Macht Huitzilopochtlis war mit ihm. Der Herr von Tenochtitlán zitterte um sein Leben, zitterte vor der Rache des Obersten der Götter, der sich den Huaxtekenkrieger zu seinem schrecklichen Werkzeug gewählt hatte.

„Der Kampf ist beendet!" schrie er mit sich überschlagender

Stimme und schnellte hoch von seinem Sitz. „Der Kampf ist beendet, Balam wird zurückkehren in den Schutze des Xolotl!"

Der Hohepriester atmete erleichtert auf, aber aus den Kehlen der Zuschauer tönte ein Ausruf des Unmuts und der Empörung. Sie wollten den Schlächter ihrer Landsleute sterben sehen.

Balam stand noch immer von den Kriegern umringt da, einen Angriff erwartend, und sah erstaunt zum Tlacatecuhtli empor. Der Herrscher schien außer sich zu sein, sein Antlitz zeigte die Spuren unbändigen Schreckens, seine greisen Hände hörten nicht auf zu zittern. Plötzlich fing der Huaxteke an zu lachen, laut und schallend, lachte aus vollem Halse. Der große Tlacatecuhtli von Tenochtitlán hatte Angst vor ihm, vor Balam, dem einfachen Krieger, dem Barbaren! Wie war so etwas nur möglich?

Auch Piltecatl und seine Freunde waren maßlos überrascht. Es hielt sie nicht mehr auf ihren Plätzen, sie stürmten auf den Tempelvorplatz und schlossen den verloren geglaubten in ihre Arme.

Nur der Chichimeca Tecuhtli behielt seine undurchschaubare, milde lächelnde Miene bei, als würde es die ganzen verwirrenden Vorfälle um ihn herum nicht geben.

„Wir brauchen ein neues Opfer." hauchte Ahuitzotl mit tonloser Stimme und sank zurück auf seinen Sitz, in der Meinung, gerade erst einer tödlichen Gefahr entronnen zu sein. „Schnell, Notlazomahuizteopixcatatzin, bringe ein neues Opfer für den Xipe Totec!"

Doch bevor der Hohepriester etwas tun konnte, da geschah auf dem Platze etwas neues. Eine Sänfte wurde herangetragen und hielt vor dem Kampfplatz, und ihr entstieg, auf zwei Diener gestützt - Tariácuri.

„Wenn ihr ein Opfer sucht für Xipe Totec, hier ist eines!" rief er dem Tlacatecuhtli zu. „Weiht mich dem Gott des Frühlings."

Mit einem Wink seiner kraftlosen Hand erteilte Ahuitzotl seine Erlaubnis.

Die Diener schafften den Michuaquí hinauf auf den Stein, wo ein Priester ihn festband. Er hatte sich einen Speer gegriffen und lehnte mit dem Rücken am Pfahl, da er nur auf einem Fuß stehen konnte.

„Warum?" rief ihm Piltecatl zu. „Warum du?"

„Ich kann nicht mit euch spielen, also bin ich so oder so dem Opfertode geweiht." entgegnete Tariácuri. „Und diese Art des Sterbens ist mir lieber als auf dem Opferstein des Huitzilopochtli." Dann sah er zu Balam und sagte mit einem zuversichtlichen Grinsen: „Jetzt zeige ich dir, wie ein Michuaquí zu kämpfen versteht, Barbar!"

„Recht so, *quaochpanme.*" erwiderte ihm der Huaxteke. „Zeig ihnen, daß du mehr kannst als Fische fangen."

Schon griffen die ersten beiden Krieger ihn an. Einen konnte der Michuaquí mit dem Speer durchbohren, dann strauchelte er und schlug hin. Der andere ließ die Keule auf ihn niedersausen, doch Tariácuri stieß ihm dabei die Speerspitze in den Brustkorb. Sie starben beide.

Das Fest war kein Fest mehr für die Azteken. Sie hatten Ahuitzotl, den göttlichen Herrscher, zittern gesehen vor einem einzigen. Ihre Krieger waren mit Schmach bedeckt, und keiner konnte sich erklären, was eigentlich geschehen war während dieses Kampfes. Die zwei einzigen, welche die Vorgänge wirklich verstanden, hüllten sich in Schweigen.

Der Regen kam früh in diesem Jahr und setzte mit ungewöhnlicher Heftigkeit ein. Noch in der Nacht des Festes zog sich der Himmel mit schweren Wolken zu, und am Morgen lag ein dichter Regenschleier über der Stadt, der sich nicht lichten wollte. Dennoch zog Piltecatl mit den seinen wieder zum Ballspielplatz, um das unter so düsteren Vorzeichen unterbrochene Training wieder aufzunehmen. Nach dem, was während des *tlacaxipeualiztli* vorgefallen war, wollte niemand mehr an einem Siege zweifeln.

Jeder Tag kam daher mit fernem Donnergrollen in den Bergen, mit Regengüssen und Sturmböen, die das windgepeitschte Wasser des Sees nahezu unbefahrbar machten. Weiter und weiter stieg der Spiegel des Gewässers, gespeist durch die vom Gebirge herabrauschenden Bäche, die unter der Macht des Unwetters zu reißenden Strömen angeschwollen waren. Beängstigend schnell näherte sich der Wasserspiegel den Kronen der Deiche, welche die Inselstadt Tenochtitlán vor einer Überflutung schützten. Die wildgewordenen Elemente hausten schwer in den schwimmenden Gärten der Vorstädte, und losgerissene *chinampas* trieben immer

116

wieder hinaus auf das Gewässer, oft mit der Hütte, die darauf erbaut war, und ihren Bewohnern, welche das Verhängnis im Schlaf überraschte.

Die Stadt Itzapalapan wurde das erste Opfer der Fluten. Durch einen Bruch im Deich strömten die Wassermassen herein und überfluteten in kurzer Zeit alle Straßen und die Häuser bis unter die Dächer. Die aufgescheuchten Bewohner, fliehend vor der plötzlichen Katastrophe, verstopften alle Wege und Gassen und wurden vom schäumenden Wasser fortgerissen. Glücklich konnte sich preisen, wer die nahegelegenen Terrassenfelder am Seeufer erreichte oder Schutz suchte auf der Plattform des *teocalli*, die bald wie eine Insel aus dem See ragte, der Rest starb einen grausamen Tod und fand ein nasses Grab in den Fluten.

Nicht nur Ahuitzotl selbst sah in den entfesselten Naturgewalten ein Strafgericht der Götter wegen der Verfehlungen, die er begangen hatte. Ganz offen sprach man in Tenochtitlán davon, daß der Tlacatecuhtli den Zorn der Himmlischen auf das Volk der Mexica herabgerufen hatte. Keine glückliche Stunde war dem Herrn der Azteken mehr beschieden, sein von Sorgen abgehärmtes Gesicht schmückte nie wieder ein Lächeln. Stundenlang diskutierte er mit Priestern und Adligen, wie das Verhängnis abzuwenden sei. Bis der Hohepriester ihm eines Tages den Orakelspruch des Huitzilopochtli brachte.

„Der Regen wird aufhören, wenn die Mannschaft der Sonne das *tlachtli* gewinnt." verkündete er. „Wird die Mannschaft der Nacht triumphieren, trifft Tenochtitlán eine unvorstellbare Katastrophe."

Wie vom Schlag gerührt hörte Ahuitzotl den Spruch. Die Mannschaft der Sonne, das waren die Männer Maxtlas, die der Nacht, des Mondes, diejenigen Piltecatls. Dabei hatten die Götter erst kurz zuvor Sorge getragen, dem furchtbaren Kämpfer Balam das Leben zu retten. Wer konnte die Gedanken der Himmlischen noch verstehen?

Von nun an hatte auch Maxtla keine ruhige Minute mehr. Der Tlacatecuhtli ließ nicht zu, daß die aztekische Mannschaft sich sorglos dem Wohlleben hingab, im Vertrauen auf ihre Unbesiegbarkeit, während der Tlaxcalteke das Letzte aus seinen Männern herausholte, um sie auf den bevorstehenden Kampf vorzubereiten. Auch Maxtlas Spieler sollten trainieren, denn von ihnen hing das Schicksal Tenochtitláns ab.

Inzwischen arbeitete Piltecatl fieberhaft an der Lösung des Problems, wie er den Ball durch die über vier Meter hohen Ringe schießen sollte. Er hatte sich einen Korbring flechten lassen und ihn am Dach des Hauses über dem Garten angebracht. Jeden Tag nutzte er, um stundenlang mit dem Kautschukball danach zu werfen. Vergeblich. Hatte der Ball die richtige Richtung, dann war er zu tief, stimmte die Höhe, dann verfehlte er sein Ziel.

„Ich wette, Maxtla hat eine besondere Technik." sagte Balam eines Tages zu ihm. „Und es ist verlorene Mühe, etwas erzwingen zu wollen, was man von einem Lehrmeister beigebracht bekommen sollte."

„Dafür ist es zu spät." erwiderte Piltecatl unwirsch. „Entweder, ich bringe es zustande, oder wir alle gehen zugrunde. Niemals wird uns Maxtla seine Tricks zeigen."

„Ich kann durch den Ring schießen!" verkündete plötzlich eine unbekannte Stimme von der Seite des Gartens her.

Überrascht starrten die beiden den Fremden an. Vor ihnen stand ein kleines Bürschchen, mager und mit einem zerbrechlich wirkenden Körper, mit dürren Armen und Beinen und einem blassen, kränklich aussehenden Gesicht. Er war um mehr als einen Kopf kleiner als der Prinz.

„Du willst den Ring treffen?" vergewisserte sich Piltecatl. „Das glaube ich erst, wenn ich es sehe. Wer bist du überhaupt?"

„Tehuch," bekam er zur Antwort, „Sohn des Fürsten von Cempoala, vom Volke der Totonaken. Ich bin schon vor geraumer Zeit zu eurem Haus gerudert worden und sehe euch seitdem beim Training zu. So habt ihr niemals eine Chance."

„Soso, du verstehst also was davon?" brummte der Huaxteke.

„Ich habe schon sehr oft *tlachtli* gespielt." hielt ihm Tehuch vor und musterte Balam mit einem abschätzigen Blick. „Zugegeben, ich bin ein lausiger Spieler. Und Ahuitzotl hat mich sicherlich deshalb hierher beordert, weil er glaubt, ich hätte nicht genug Kraft zum Spielen. Aber ich habe Köpfchen, und wo man mit Stärke nicht weiterkommt, muß man eben seinen Kopf gebrauchen."

„Dann möchte ich sehen, wie du den Ball mit deinem Kopf durch den Ring schießt." erwiderte Piltecatl mit belustigter Miene.

118

„Nichts einfacher als das." meinte Tehuch, faßte Balam am Arm und stellte ihn unter den Ring. „Wenn der Ring zu hoch ist und nicht herunterkommen will, dann muß man zu ihm herauf." erläuterte er sein Tun, während er die Hände des verdutzten Huaxteken nahm und sie ihm, mit zusammengelegten Fingern und die Handflächen nach oben, vor dem Körper platzierte. „In ganz Tenochtitlán spricht man schon von eurem Mute und bangt um Maxtlas Leben, doch wenn ich sehe, wie wenig ihr euren Verstand benutzt, kann ich die ganze Aufregung überhaupt nicht verstehen. Ohne mich würdet ihr das Spiel verlieren."

Er trat ein paar Schritte von Balam weg.

„Piltecatl, geh dort rüber in die Ecke und wirf den Ball in Balams Richtung, wenn ich loslaufe!"

„Wie du willst."

Tehuch warf sein Gewand ab, lockerte seine Beine und Arme ein wenig auf und rannte dann auf Balam zu. Wie ihm geheißen, warf Piltecatl in diesem Moment den Ball in die Luft. Flink wie ein Eichhörnchen setzte Tehuch seinen Fuß auf die Hände des Huaxteken, schnellte sich in die Höhe, sich mit dem anderen Fuß von Balams Schultern abstoßend, und dirigierte die ankommende Kugel mit einem leichten Schubser durch den Ring.

Als er wieder auf dem Boden stand und sein Gewand aufhob, meinte er wie beiläufig: „Aber glaubt bloß nicht, ich mache euer Training mit. Ich kann auch so schon genug für euch leisten."

Und damit verschwand er vor den verdutzten Blicken der anderen in seinem Quartier.

Beschämt sahen sich die beiden an.

„Warum bist du nicht darauf gekommen?" fragte Balam fast vorwurfsvoll.

Piltecatl zuckte die Schultern.

„Muß ich denn immer an alles selbst denken?" entgegnete er. „Du hast doch auch einen Kopf, warum ist dir der Gedanke nicht gekommen?"

Balam machte eine betretene Miene. Wie einfach schien doch die Lösung, an der sie so lange hart gearbeitet hatten. Und dieser Zwerg von einem Totonaken kam einfach so daher, schwang große Worte und ließ sie hinterher dumm dastehen. Schöne Helden waren sie.

Auch in den nächsten Tagen stöhnte Tenochtitlán unter dem fortgesetzten Wüten des Unwetters. Piltecatl hatte das Training abgesetzt, er wollte, daß seine Männer sich in der bis zum Spiel verbleibenden Zeit körperlich erholten und sich nicht doch etwa in letzter Minute noch gefährliche Verletzungen zuzogen - sie hatten ohnehin das Letzte aus sich herausgeholt und konnten nicht hoffen, noch besser zu werden. Maxtla war eine solche Ruhe nicht vergönnt. In seiner unbändigen Angst vor einem schlechten Ausgang des Turniers trieb ihn Ahuitzotl hinaus auf den Trainingsplatz, und die Azteken vergeudeten sinnlos ihre Energie und holten sich unnötige Blessuren. Der Tlacatecuhtli war halb wahnsinnig vor Furcht. Seine Gedanken kreisten um nichts anderes mehr als um das *tlachtli* und den düsteren Orakelspruch des Huitzilopochtli.

Indes arbeiteten Tausende an den Deichen und versuchten, die Stadt vor einer drohenden Flutkatastrophe zu schützen, die immer wahrscheinlicher wurde, je höher der Spiegel des Texcoco-Sees stieg. Seine Lage inmitten des Gewässers, nur durch die Dämme mit dem Festland verbunden, machte Tenochtitlán zu einer schier uneinnehmbaren Festung, doch sein schlimmster Feind war das Wasser, schwer zu beherrschen und tödlicher als eine feindliche Armee, wenn man seiner Gewalten nicht mehr Herr werden konnte.

Es war wie ein Wink der Götter, wie ein Fingerzeig ihrer Macht, als am Morgen des Turniers die Wolkendecke aufriß und die Strahlen der Sonne zum ersten Male seit so vielen Tagen wieder über den Azteken schien. Zwar grollten in den Bergen immer noch furchtbare Gewitter, war der Gipfel des Popocatépetl noch immer ins Wolkenmeer getaucht, und auch die angeschwollenen Gebirgsbäche brachten weiterhin immer neue Wassermassen in den See und suchten die Felder heim. Aber über dem Tal von Anáhuac strahlte die Sonne, als wolle sie Zuschauer sein beim großen Ringen zwischen den beiden Mannschaften, zwischen den Azteken und ihren erbitterten Erzfeinden.

Die Tribünen des großen Ballspielplatzes waren zum Bersten gefüllt mit erwartungsvollen Zuschauern. Sie hofften, eines der härtesten Turniere zu erleben, die je an dieser Stätte ausgetragen worden waren. Das letzte Mal, daß man eine aztekische Mannschaft verlieren sah, war im Spiel gegen das damals noch nicht zur Stadt gehörende Tlatelolco, das nur wenige Monate nach seinem Sieg von Axayacatl erobert worden war. Nun heizten die Gerüchte um Piltecatls eisernen Siegeswillen und das erbarmungslose Training seiner Mannschaft die Stimmung an, und der Tlacatecuhtli war nicht der einzige, der um seinen Lieblingsballspieler fürchtete. Die Sklaven und Gefangenen aber, die in Tenochtitlán lebten, erschauerten ehrfürchtig bei dem Gedanken, der tlaxcaltekische Prinz könne über die aztekischen Peiniger triumphieren, und unter ihnen galten er und seine Mitstreiter als Helden. Jede Stadt, die nur ungern unter der Herrschaft der Mexica stand, hatte ihre Beobachter entsandt, die hofften, ein einziges Mal wenigstens Azteken geschlagen zu sehen.

Es gab keinen mehr in Piltecatls Mannschaft, der nicht alles für einen Sieg gegeben hätte. Tehuch bereitete sich darauf vor, den Siegestreffer, den er im Training so leichthin demonstriert hatte, auch unter den so unvergleichlich schwierigeren Bedingungen des Turniers zu erzielen. Xochipilli war bereit, ein Held zu werden, der einzige Gedanke, der ihn noch beherrschte. Maseescasi mußte auf der Position Tariácuris spielen; er, Piltecatl und Balam fühlten sich an diesem Tage wie Raubtiere, die einer fetten Beute gegenüberstanden und in ihrer Kampfgier nicht von ihr lassen würden, selbst wenn es ihren Tod bedeuten sollte. Und Yacaro wollte noch einmal die bewundernswerte Kraft und Schnelligkeit seiner Beine, seine schier unermüdliche Ausdauer in die Waagschale werfen für seinen sehnlichsten Wunschtraum, die Heimat wiederzusehen. Hochmotiviert, im heißen Fieber der Kampflust, traten sie hinaus auf den Platz, unter die Blicke der Zuschauer und des allmächtigen, fürchterlichen Tlacatecuhtli.

Sie trugen nun die Schutzausrüstung aus Gummi und waren mit leichtem Federschmuck angetan. Ihre Körper sahen immer noch zerschunden aus, als kämen sie gerade vom Schlachtfeld, ihre Haltung aber war aufrecht und ihre harten Mienen zeigten nichts anderes als Zuversicht und Kampfgeist. Trotz ihrer Feindschaft zu den Eintretenden konnten die meisten der aztekischen Zuschauer nicht umhin, den Mut der sechs und ihre Entschlossenheit mit Rufen der Bewunderung zu würdigen. Während sich der anwesende

Herr von Texcoco entspannt in seinem Sitz zurücklehnte und darauf wartete, ob sein Wunsch, den anmaßenden Tlacatecuhtli endlich einmal gedemütigt zu sehen, in Erfüllung ging, saß Ahuitzotl mit starrer, versteinerter Miene da und ließ sich nicht anmerken, wieviel Angst er vor den Spielern hatte, die da unten auf dem Platze aufmarschierten, mit einer Würde, als gebe es am Ausgang des Turniers keinerlei Zweifel mehr.

Maxtla und die seinen, die gleichzeitig auf der anderen Seite des Spielfeldes aufmarschierten, waren jedoch nicht minder motiviert und kampfstark wie eh und je. Zwar hatten sie beim Training einen ihrer besten Spieler verloren und mußten einen Ersatz für ihn aufstellen, aber jeder von ihnen war ein durchtrainierter Spieler von bewundernswerter körperlicher Verfassung und schnellem Reaktionsvermögen, jeden Trick des Spieles beherrschend und mit jahrelanger Erfahrung. Es gab nichts, auch nicht die beunruhigenden Gerüchte um Piltecatls Absichten, was diese Männer aus der Ruhe hätte bringen können, die von ihrer eigenen Unschlagbarkeit überzeugt waren. Maxtla konnte nicht verstehen, wie der Tlacatecuhtli seiner Mannschaft so wenig Vertrauen entgegenbringen konnte, und das machte ihn wütend. Heute wollte er seinem Herrn beweisen, und auch dem ganzen Volk von Tenochtitlán, daß niemand, wie ehrgeizig er sich auch darauf vorbereitet haben mochte, die Ballspieler der Hauptstadt zu schlagen vermochte. Piltecatl hatte ihn herausgefordert, nun denn, er sollte einen harten Kampf erleben und eine Niederlage, die er nicht verwinden würde, bis ihm das Herz aus der Brust gerissen war.

Ganz oben auf der Tribüne stand der Xolotl-Priester, der Oberaufseher des Spiels, neben der Sonnenuhr, die Anfang und Ende der einstündigen Spielzeit anzeigen sollte. Die Zuschauer sahen an seiner Miene, daß nur noch kurze Zeit bis zum Beginn verblieb, und mucksmäuschenstill wartete alles gespannt auf das Signal der Muscheltrompeten. Auf jeder Seite des Spielfeldes standen noch einmal zwei Priester, deren wachsamen Luchsaugen nicht der kleinste Regelverstoß entgehen würde.

Der Hohepriester übernahm die kurze Ansprache, stellte die Mannschaften vor und endete mit einer Hymne zum Lobpreis der Götter. Unten hatten die Spieler ihre Positionen eingenommen. Trotz den Hunderten von Zuschauern, die sich auf den Tribünen drängten, und den Tausenden, die sich außerhalb des Ballspielplatzes versammelt hatten und durch Sprecher von dem unterrichtet werden sollten, was sich drinnen abspielte, lastete eine erwartungsvolle, drückende Stille über der Stätte des Kampfes.

Es war die Ruhe vor dem Sturm, vor dem Aufeinanderprallen zweier unversöhnlicher Feinde, die jeder den anderen erniedrigt und geschlagen sehen wollten. Das mächtige Reich der Azteken hatte den Ruf seiner Unbesiegbarkeit, seiner über alles triumphierenden Macht zu verteidigen; die unterdrückten oder im Krieg mit den Mexica liegenden Stämme, deren Auserwählte das Turnier bestreiten sollten, wollten zeigen, daß sie Kraft und Siegeswillen genug hätten, sich vom Joche ihrer Peiniger zu befreien und ihnen heimzuzahlen, was jene verbrochen hatten. Es war, wie Moctezuma gesagt hatte: Das Turnier war kein bloßes Spiel mehr, nicht mehr nur religiöses Fest; man hatte einen politischen Kampf daraus gemacht, und ein Sieg darin würde den Unterdrückern noch mehr Macht schenken oder aber die Unterdrückten einen kleinen Schritt näher an ihre Freiheit führen.

Die Muschelhörner bliesen das Signal zum Beginn. Der Xolotl-Priester warf den Ball auf das Spielfeld, genau über der Mittellinie. Balam und Cuetzpalin, einer von Maxtlas Männern, sprangen gleichzeitig darauf zu, und die mächtigen Schultern des Huaxteken warfen sowohl den Gegner als auch den Ball in Maxtlas Spielfeldhälfte zurück. Cozcaququhtli, ein anderer Azteke, erwischte die Kugel noch kurz vor dem Boden mit dem Oberarm und spielte sie in kurzem Bogen auf Maxtla selbst, der sie mit der Hüfte nahm und schwungvoll in die Mitte des gegnerischen Feldes schleuderte, dorthin, wo Tehuch stand. Der war wirklich kein guter Spieler, der Ball traf ihn und streckte ihn zu Boden, und wäre Yacaro nicht herangesprintet und hätte ihn abgefangen, dann hätte er den Boden berührt. So aber bekam ihn Maseescasi und schleuderte ihn seinem aztekischen Gegenüber Ozomatli an die Brust. Ozomatli stürzte nieder von der Wucht des Aufpralls, konnte den Ball aber dennoch weit in die andere Hälfte schleudern, wo Xochipilli ihn annahm und Balam zuspielte. Der fackelte nicht lange und schnellte die Kugel mit solcher Wucht auf Maxtla, daß beide gegen die Spielfeldbegrenzung flogen und der Ball endlich auf dem gegnerischen Boden aufkam, ohne daß der schnell dazuspringende

Cozcaququhtli ihn noch erwischte. Der erste Punkt in diesem Spiel ging an die Mannschaft der Nacht.

Maxtla erhob sich mit brummendem Schädel und warf einen haßerfüllten Blick auf Balam. Nein, so leicht sollten sie es nicht haben, die Männer um Piltecatl, dachte er bei sich und wies seine Männer mit Handzeichen an, vor allem den Huaxteken im Auge zu behalten.

Die Azteken hatten schnell begriffen, daß Tehuch der wunde Punkt in der gegnerischen Mannschaftsaufstellung war. Der kleine Hänfling hatte kaum genug Kraft, um die Bälle anzunehmen und weit zurückzuschleudern, und so mußten immer wieder Yacaro oder Xochipilli zu Hilfe eilen. Doch so mancher Ball kam zu Boden, und bald stieg der Punktestand auf seiten der Azteken, die es schafften, trotz der Verbissenheit ihrer Gegner, einen immer größer werdenden Vorsprung herauszuspielen.

Inzwischen wartete Tehuch vergeblich, daß Yacaro einmal in die günstige Schußposition kam, einen Ball zu spielen, den er von Piltecatls Schultern aus durch den Ring spielen konnte. Nur ein gezielter Schuß aus der hinteren Spielfeldhälfte und Tehuchs zeitlich genau berechneter Absprung von Piltecatls Schultern konnten zusammengenommen zum Erfolg führen, doch diese Voraussetzungen in einem schnellen, von Überraschungen geprägten Spiel zu erfüllen schien schier unmöglich.

Die drei vordersten Männer der Mannschaft der Nacht - Piltecatl, Balam und Maseescasi - mußten die bittere Erfahrung machen, daß die von Maxtla aufgestachelten aztekischen Spieler mit aller Härte gegen sie vorgingen. Immer öfters kam es zu Zusammenstößen zwischen ihnen, wenn sie die Bälle an der Mittellinie abfangen wollten, und offenbar legten es die Azteken darauf an, sie ernstlich zu verletzen, um sie aus dem Spiel zu werfen. Den Huaxteken machte das zorniger denn je, und er vergalt es seinen Gegnern mit derselben Härte. Er erzielte die meisten Punkte durch seine kraftvoll geschleuderten Bälle, und wer mit ihm in der Hitze des Kampfes zusammentraf, ging nicht ohne Schmerzen aus der Kollision hervor. Und doch schien es, als würde Piltecatls Mannschaft den Punkterückstand nicht mehr aufholen können, der noch dazu beängstigend wuchs. Die Routine und Erfahrung der Azteken schien über den Siegeswillen der anderen zu triumphieren.

Von einem Augenblick auf den anderen verschlechterte sich die Situation um einiges mehr. Maxtla hatte einen günstigen Wurf abgewartet, und jetzt gelang es ihm, schnell wie ein Blitz und mit einer eleganten Drehung seines Körpers während des Sprunges, den Ball die vier Meter zum Ring hinaufzuschleudern. Einen beängstigenden Augenblick lang verfolgten hunderte von Augenpaaren die Flugbahn der Kautschukkugel, kaum einer wagte in dieser Sekunde zu atmen. Doch plötzlich brach sich ohrenbetäubender Jubel Bahn, der sich schnell auf die draußen stehenden ausweitete, und ein vieltausendstimmiger Chor schrie Maxtlas Namen hinaus wie Donnerhall, feierte den Mann, der für die Azteken den ersten Ringtreffer in diesem Spiel erzielt hatte. Maxtla selbst stürmte wie ein Wirbelwind hinauf auf die Tribüne, wo er von den Zuschauern mit Schmuck und kleinen Kostbarkeiten überhäuft wurde als Dank für seine hervorragende Leistung, die den Sieg der Azteken endgültig zu besiegeln schien.

Doch seine Gegner waren weit davon entfernt, ihre Sache bereits verloren zu geben. Eine halbe Stunde hatten sie noch zu spielen, und in dieser Zeit konnte viel geschehen. Tehuch schwor sich, bei der erstbesten sich bietenden Gelegenheit seinen Treffer zu machen, und Piltecatl hatte sich Maxtlas Sprung nach dem Ball genauestens eingeprägt, vielleicht mochte es ihm gelingen, seine erfolgreiche Technik nachzuahmen.

Das Spiel war wieder im Gange. Yacaro eilte auf seinen flinken Füßen ständig hin und her, um Tehuchs Unfähigkeit zu mildern, mit dem Ball umzugehen. Und immer wieder schossen die Azteken in die Mitte des Feldes, trieben den kleinen Totonaken schier zur Verzweiflung. Es sah ganz so aus, als würde der Plan, den Ahuitzotl und Moctezuma geschmiedet hatten, seine Früchte tragen.

Doch als Xochipilli wieder einmal den Ball nach vorn spielte, sah Tehuch seine Chance endlich für gekommen. Der Tolteke stand weitab von seiner Position und spielte den Ball deshalb nicht wie üblich auf Balam oder Maseescasi, sondern diesmal auf den Prinzen. Xochipillis Würfe hatten an Kraft gewonnen, seit der Ehrgeiz an ihm nagte wie an den anderen auch, und dieser von ihm geschleuderte Ball beschrieb eine wundervolle Bahn genau in Richtung des Ringes, unter dem Piltecatl stand. Das war die Gelegenheit für Tehuch. Auch er war schnell. Als der Prinz den

Kleinen heranstürmen sah, wußte er sofort, was dieser vorhatte, und bot ihm die Handflächen als Trittbrett dar. Tehuch setzte seinen Fuß auf, während der Prinz ihn mit aller Macht nach oben drückte; der Totonake machte einen Satz in die Höhe, drückte sich noch einmal von den Schultern des Tlaxcalteken ab und sprang fast auf die Höhe des Ringes, wo er den Ball mit ebensolcher Gewandtheit abfing und durch die Öffnung dirigierte wie ehemals im Garten ihres Hauses.

Diesmal jubelte niemand. Die Überraschung schien den Azteken die Sprache verschlagen zu haben. Erst als die Sprecher dem draußen versammelten Volke verkündeten, was eben geschehen war, da stimmten die Sklaven und Gefangenen und die Boten fremder Orte ein Siegesgeheul an, als wären sie im Begriff, die Mauern einer feindlichen Stadt zu stürmen. Tehuch ließ es sich nicht nehmen, von seinem Recht Gebrauch zu machen und durch die Tribünen zu laufen, um den Versammelten alles an Wertsachen zu entreißen, dessen er habhaft werden konnte. Das war der Lohn desjenigen, der den Ring traf.

Unterdessen diskutierten die Priester heftig, ob der Treffer überhaupt Gültigkeit besaß. Denn noch niemals hatte jemand mittels dieser List die beeindruckende Höhe der Ringe zu überwinden gesucht. Doch die althergebrachten Regeln des Spieles sagten über einen solchen Fall schier gar nichts aus, und zähneknirschend gaben sie der Mannschaft des Mondes die zwanzig Punkte, die sie sich erspielt hatte. Aber immer noch lagen Maxtla und die seinen elf Punkte vorn.

Das Spiel ging weiter. Die beiden Tlaxcalteken und Balam hatten nicht nur gegen ihre aztekischen Widersacher zu kämpfen, sondern auch gegen die vielen Verletzungen, die sie sich im harten Kampfe zugezogen hatten. Balam war noch am besten weggekommen; zwar wurde er am heftigsten attackiert, hatte aber eine besonders kräftige Konstitution und ein robustes Skelett. Piltecatl sagte der stechende Schmerz in seinem Brustkorb, daß wohl ein oder zwei Rippen hinüber waren, und Maseescasi hatte sich erst einige Minuten vorher die Schulter ausgerenkt, die von Balam aber sofort wieder gerichtet worden war. Der urplötzlich zusammengeschmolzene Vorsprung ließ die Azteken noch viel aggressiver spielen, und ihre Gegner antworteten darauf mit derben Gegenmaßnahmen.

Es dauerte nur kurze Zeit, bis den aztekischen Zuschauern der Atem erneut stockte. Nun versuchte nämlich Piltecatl, den Ring zu treffen, und er benutzte dazu exakt dieselbe Sprungtechnik, die er sich bei Maxtla abgeschaut hatte. Das Ergebnis war besser als alle seine Versuche vorher, indes der Ball verfehlte sein Ziel nur knapp. Maxtla aber sah ein, daß er bei weitem nicht so leichtes Spiel mit dieser Mannschaft hatte, wie er sich vorher eingebildet. Noch ein solcher Versuch konnte den sicheren Sieg für die Mannschaft des Mondes bedeuten.

Piltecatl verließ sich nicht auf einen zweiten Treffer. Er wollte den Punkterückstand so aufholen. Tehuch hatte seine Chance gehabt, daß er eine zweite bekommen würde, war unwahrscheinlich. Also tauschten er und Xochipilli die Positionen, so daß die Mitte ihrer Spielfeldhälfte besser gedeckt war.

Auch Maxtla nahm Veränderungen vor. Die Spieler aus der hinteren Hälfte ließ er nach vorn kommen, denn die beiden, die Balam gegenüberstanden, hatte der Kampf übel mitgenommen. Maxtlas ganzes Streben ging jetzt dahin, Balam zu vernichten, denn ohne den Huaxteken glaubte er die Gegner verloren.

Inzwischen hatte jeder auf dem Spielfeld die eine oder andere Verletzung davongetragen. Es war bei der erbitterten Hitzigkeit, mit der gespielt wurde, ein Wunder, daß noch niemand vom Platz getragen werden mußte. Selten zuvor hatte man in den letzten Jahren ein Spiel gesehen, das so voller Enthusiasmus, mit allerhöchstem Einsatz, bestritten wurde. Die Spieler flogen förmlich durch die Luft, wenn sie die Bälle erhaschen wollten, sie zeigten die beeindruckendsten akrobatischen Tricks, wenn sie sich im Sprunge drehten oder die Kugel mit Schultern, Hüften oder Gesäß zurück in die feindliche Hälfte schleuderten. Sie rollten und schlitterten über den Boden, um den Ball rechtzeitig abzufangen, sie legten ihre ganze Kraft in die Schüsse, schonten sich nicht, auch wenn ihnen das Blut über die Gesichter lief oder die Rippen barsten unter dem Aufprall der Kugel oder den Stößen des Gegners.

Der erste, der spielunfähig vom Platz getragen wurde, gehörte zu Maxtlas Mannschaft. Ganz wie Tariácuri brach er sich den Knöchel, nachdem er nach einem atemberaubenden, kühnen Sprung unglücklich auf dem Boden aufkam. Wären es die Rippen oder die Knochen der Arme gewesen, die in Brüche gingen, dann hätte er weitergespielt; mit einem kaputten Fuß jedoch war dies unmöglich.

Für jeden Punkt, den eine Mannschaft erzielte, wurde oberhalb der Tribüne ein Wimpel aufgestellt, schwarz für die Mannschaft der Nacht, weiß für die des Tages. Auf beiden Seiten flatterte auch ein rotes Fähnchen, Zeichen dafür, daß der Ring getroffen worden war. Obwohl Maxtlas Mannschaft zahlenmäßig unterlegen war, wollte der Punktevorsprung nur langsam schrumpfen. Jeder Punkt, den Piltecatls Gefährten gutmachten, war Ergebnis harter Anstrengung, gnadenlosen Kampfes und zog neue Blessuren nach sich. Aber es schien, als würden sie erst jetzt, wo die Spielzeit sich langsam dem Ende zuneigte, erst richtig erwachen, ihre gesamte Kraft zum Einsatz bringen. Punkt um Punkt arbeiteten sie sich beharrlich und im unerschütterlich festen Glauben an sich selbst an den Sieg heran.

Maxtla war nicht mehr so zuversichtlich wie zu Beginn. Der Spieleifer seiner Gegner und ihre trainierten Fähigkeiten kamen unerwartet für ihn, und er mußte feststellen, daß er sich den Sieg viel zu leicht vorgestellt hatte. Nie im Leben hätte er damit gerechnet, seine Gegner würden den Ring treffen! Und nun war es geschehen und es war leicht möglich, daß Piltecatl einen weiteren Treffer nachsetzte. Balam stand da wie ein Fels, seine mit aller Macht geschleuderten Bälle warfen mitunter den Spieler zu Boden, der sie erhaschen wollte. Aber wenn Balam fiel, dann war für Piltecatl das Spiel vorbei.

Nur noch ein einziger Punkt war letztendlich an Vorsprung für die Azteken geblieben, und die Spielzeit war fast vorüber. Der Tlacatecuhtli konnte seine innere Unruhe kaum noch bezähmen, er krallte die Fingernägel ins Innere seiner Handflächen, so daß Blut an seinen Fingern herunterrann; seine Lippen preßte er so fest aufeinander, daß sie völlig weiß und blutleer waren, denn er hatte das Gefühl, jeden Moment einen Schrei ausstoßen zu müssen, einen Schrei des Zorns und der Furcht gleichermaßen. Es kostete Moctezuma, der bei ihm saß, einige Mühe, den alten Herrscher zu beruhigen und ihm Hoffnung zuzusprechen.

Und es gab Hoffnung. Es war eine perfide Idee Maxtlas, ausgetüftelt für den Fall, daß alles auf dem Spiele stand. Der Anführer der aztekischen Mannschaft wäre normalerweise lieber auf den Opferstein gegangen, als das Spiel auf unrechte Art zu gewinnen, doch Ahuitzotl hatte ihn dermaßen unter Druck gesetzt, daß er vor nichts mehr zurückschreckte, wenn es denn die Niederlage abwenden konnte. Ein einziger Ringtreffer von ihm in dieser Zeit hätte genügt, das Spiel zu entscheiden, allein es wollte ihm keiner gelingen. Er mußte einen anderen Weg beschreiten.

Der Ball, der nun aus der hinteren Feldhälfte der Azteken nach vorn gespielt wurde, flog mit Bedacht genau auf den Huaxteken zu. Während Balam sich bereit machte, ihn anzunehmen und zurückzuspielen, stürmten zwei der Gegner auf ihn los. Es sah aus, als wollten sie beide den Ball in letzter Sekunde noch erhaschen, in Wirklichkeit war er ihnen herzlich egal. Balam konzentrierte sich auf die Kautschukkugel und gewahrte die beiden auf ihn springenden Azteken erst, als es bereits zu spät war. Von der Last der beiden Körper überwältigt, fiel er nach hinten und schlug hart mit dem Kopf auf den Steinboden. Die beiden Angreifer rappelten sich auf, doch der Huaxteke blieb liegen.

Piltecatl lief zu ihm hin. Daß er seinen Freund reglos daliegen sah, erfüllte ihn mit Sorge. Als er sich niederbeugte, sah er, wie unter Balams Kopfhaube Blut hervorsickerte. Seine Augen waren offen und blickten starr vor sich hin, kein Atem kam mehr aus seinem Mund. Vorsichtig nahm ihm der Prinz die Haube ab und betastete den Schädel. Er war gebrochen. Mit Tränen in den Augen blickte er herab auf die grünschillernden Quetzalfedern des Kopfschmuckes, die in der Blutlache lagen. Balam war tot.

Mit einem Ruck wandte sich Piltecatl um und starrte mit wutverzerrtem Gesicht auf Maxtla.

„Das war Absicht!" stieß er hervor. „Ihr habt ihn umgebracht!"

„Es ist ein hartes Spiel." wandte der Azteke ein, aber seine Stimme ließ die gewohnte Festigkeit vermissen. „Wer stirbt, der tut es für die Götter."

Als das Publikum begriffen hatte, daß der Huaxteke nicht mehr am Leben war, gab es ohrenbetäubenden Jubel auf den Tribünen. Nun stand einem Sieg der Azteken wohl nichts mehr im Wege. Voller Verachtung blickte Piltecatl zu ihnen hinauf. Wenn es je einen Grund gab, zu siegen, dann jetzt.

Maxtlas Mannschaft hatte nun wieder zwei Punkte Vorsprung. Der Ball hatte den Boden berührt, als Balam wie ein gefällter Baum herniederstürzte.

Die Männer der Mannschaft des Mondes verharrten nicht lange unter dem Schock, den sie erlitten, als sie zusehen mußten, wie ihr stärkster Gefährte vom Platz getragen wurde. Sie brannten darauf, den Azteken die gemeine Tat heimzuzahlen. Das Turnier war nicht mehr Spiel, es war Kampf, regelrechter Krieg.

Der Ball wurde wieder eingeworfen. Als Piltecatl sah, wie einer der Gegner nach ihm sprang, eilte er herzu, erwischte die Kugel vor ihm und streckte den Kontrahenten gleichzeitig mit einem Fausthieb zu Boden. Er fiel der Länge nach auf den Rücken, und wie versehentlich trat ihm der Tlaxcalteke beim Landen nach dem Sprung auf den Kehlkopf.

Der Azteke, einer der Angreifer auf Balam, rang mit schreckgeweiteten Augen nach Luft. Während Piltecatl sich kalt umwandte, wälzte er sich in wilden Zuckungen auf dem Boden und stieß ein lautes Röcheln aus; seine Zunge hing ihm aus dem Mund und seine Augen wollten schier aus den Höhlen quellen. Seine herbeieilenden Kameraden und zwei aztekische Ärzte versuchten vergeblich, ihm Hilfe zu bringen; doch sein Kehlkopf war zerquetscht und seine Luftröhre verschlossen. Unter Qualen schied er inmitten seiner Freunde hin.

Cozcaquuhtli sprang auf und wollte dem Tlaxcalteken hinterhereilen, um ihn für den Verlust seines Freundes zu strafen. Doch der besonnenere Maxtla hielt den Zornigen zurück. Es nützte keinem, wenn sie jetzt eine Schlägerei anzettelten, im Gegenteil, es würde die Götter beleidigen. Das Spiel war immer noch eine religiöse Zeremonie, und wieviel Emotionen auch darin freigesetzt würden, es mußte nach den althergebrachten Regeln beendet werden. Wenn der Azteke sein Leben verloren hatte, dann hatten die Götter es so gefordert.

Mit nur noch vier Spielern gegen die fünf des Piltecatl und einem einzigen Punkt Vorsprung setzten die Azteken das Spiel fort. Jeden Moment konnten die Muscheltrompeten das Ende der Spielzeit ankündigen. Keiner der Zuschauer, am allerwenigsten Ahuitzotl selbst, war frei von Beklommenheit und Furcht, und auch die, die vorbehaltlos an Maxtlas Sieg geglaubt hatten, als das Spiel begann, hätten jetzt keinesfalls mehr auf die aztekische Mannschaft wetten wollen.

Maxtla konnte buchstäblich spüren, wie sehr er das Vertrauen seiner Landsleute verloren hatte. Aus jedem Augenpaar, das auf ihn heruntersah, sprach mehr Besorgnis denn Begeisterung; und er wußte, selbst wenn er das Spiel mit dem knappen Vorsprung, den er jetzt noch hatte, entscheiden würde, wären seine Zeiten als Anführer der Mannschaft gezählt. Die Azteken wollten eine haushohe Niederlage der Feinde sehen, und der Gedanke, daß diese es beinahe geschafft hätten, war fast ebenso beschämend wie die Niederlage selbst.

Er mußte einen zweiten Ringtreffer erzielen. Maxtla wußte, daß es das war, was jetzt alle von ihm erwarteten, und das einzige, was seinen Ruf als bester Ballspieler Tenochtitláns noch retten konnte.

Auch Piltecatl ahnte, daß eine Aktion Maxtlas bevorstand. Schließlich konnten sich die Azteken mit ihrer unterlegenen Zahl nicht darauf verlassen, daß die Mannschaft der Nacht nach Balams Ableben wirklich so unterlegen war. Wenn die Azteken jetzt, so kurz vor Ende des Spieles, einen Ringtreffer erzielten, waren alle Qualen, die Piltecatl und die seinen auf sich genommen hatten, umsonst gewesen. Daher versuchten sie, dem Spiel einen Verlauf zu geben, der Maxtla nicht die Gelegenheit zum entscheidenden Treffer geben sollte.

Aber Maxtla hatte seine sieggewohnte Mannschaft hinter sich. Nur wenige Sekunden, nachdem der Ball wieder im Spiel war, witterte er seine Chance. Noch bevor die Zuschauer auch nur ahnten, daß er im Begriff war, die letztgültige Entscheidung herbeizuführen, da war es Piltecatl schon klar geworden. Das genaue Zuspiel des Balles von Cozcaququhtli auf Maxtla, dessen Absprung und die Drehung in der Luft - noch bevor Maxtla den Ball überhaupt berührt hatte, wußte der Prinz, daß er durch den Ring schießen würde. Und er war nicht in der Lage, ihn aufzuhalten, konnte nur hoffen, daß der Azteke sein Ziel verfehlen würde. Eine schwache Hoffnung.

Einen Kampf, wie er sich in der folgenden Sekunde unten auf dem Platze um den von Maxtla geschleuderten Ball entspann, hatten selbst die Greise von Tenochtitlán in ihren vielen Lebensjahren noch nicht gesehen. Es war Maseescasi, der, während er auf Piltecatl zusprang, diesem zurief: „Denk an Tehuch!" Sofort erkannte der Prinz, was sein Freund vorhatte. Er wollte den Ball berühren, bevor er durch den Ring ging und so Maxtlas Treffer zu seinem eigenen machen! Piltecatl eilte ein paar Schritte auf die aztekische Spielfeldseite, und mit aller Kraft warf er den auf seine Handflächen springenden Maseescasi nach oben, vor die Öffnung des Ringes. Maxtla, der bei seinem Sprung fast waagerecht durch die Luft flog, hatte den Ball seinem Ziel entgegengeschleudert, noch bevor er überhaupt ahnte, was seine Gegner vorhatten. Plötzlich stand Piltecatl ihm im Weg, und kurz nach Maseescasis Absprung kollidierten die beiden mit solcher Wucht miteinander, daß Piltecatls linker Arm, eingekeilt zwischen seinem Körper und dem des Azteken, ganz unnatürlich verdreht wurde und seine Knochen krachend splitterten. Zur selben Zeit traf der von Maxtla geschleuderte Ball auf Maseescasi. Die Wucht der aufschlagenden Kautschukkugel riß den Tlaxcalteken nach hinten, sein Kopf prallte gegen den steinernen Ring, und ihm wurde schwarz vor Augen. Wie ein Stein fiel sein Körper herab und schlug neben den beiden anderen auf. Niemand unter den Azteken hatte daran gezweifelt, daß der Ball durch den Ring gehen würde, und als er an Maseescasi zurückprallte gegen die Spielfeldbegrenzung, war niemand schnell genug, um zu verhindern, daß er den Boden der aztekischen Spielfeldhälfte berührte.

In diesem Augenblick ertönte das Signal der Muschelhörner.

Ahuitzotl stöhnte gequält auf, und auch die anderen, aus der Erstarrung der vergangenen Sekunde sich lösenden Zuschauer, ließen Laute des Unmuts vernehmen. Das Spiel war mit einem Gleichstand der Punkte beendet worden, es mußte fortgesetzt werden, und der nächste Punkt würde die Entscheidung bringen. Was keiner für möglich halten wollte, war eingetreten: die Mannschaft der Fremden hatte den Azteken erfolgreich getrotzt, und ein einziger Punkt mochte nun entscheiden, ob sie auch über diese triumphieren sollte.

Noch bevor Piltecatl und Maxtla sich von der Betäubung ihres Zusammenstoßes erholt hatten, waren Xochipilli und Yacaro zu dem reglosen Körper von Maseescasi gestürzt. Die Ärzte folgten ihnen, doch als sie den Tlaxcalteken sahen, schüttelten sie die Köpfe.

Während Piltecatl sich erhob, blieb Maxtla am Boden hocken, verwirrt und ärgerlich. Er brauchte eine Weile, bis er begriff, was vorgefallen war. Die Hände zu Fäusten geballt, wandte er sein

Gesicht der Sonne zu, als wollte er all seine Wut und seinen Schmerz zu ihr empor schreien.

„Was ist mit ihm?" fragte der Prinz und drängte sich an den anderen vorbei zu Maseescasi. „Ist er verletzt?"

„Er ist tot!" jammerte Xochipilli. „Sein Genick ist gebrochen."

Fassungslos sank Piltecatl auf die Knie.

„Nicht auch noch du, mein Freund!" hauchte er mit tonloser Stimme.

Erst jetzt sahen die anderen, daß des Prinzen linker Arm in völlig unnatürlicher Haltung vor dem Körper baumelte. Einer der Ärzte kam heran und betastete ihn.

„Er ist mindestens an zwei Stellen gebrochen." stellte er fest.

„Binde ihn mir auf den Rücken." wies ihn der Tlaxcalteke an. „Er soll mich beim Spielen nicht stören."

„Was werden wir denn jetzt tun?" heulte der Tolteke.

„Was wir von Anfang an tun wollten: siegen!" stieß Piltecatl scharf hervor. „Wir brauchen nur noch einen Punkt, und den holen wir uns jetzt. Maseescasi und Balam wären enttäuscht von uns, wenn wir den Sieg jetzt noch verschenken."

Inzwischen hatte der Arzt Piltecatls Arm auf den Rücken gedreht und band ihn dort mit Hirschlederriemen fest. Den stechenden Schmerz schien der Prinz nicht zu spüren.

Maxtla hatte sich aufgerafft. Als er hinaufsah zur Tribüne des Herrschers, sah er Ahuitzotls Blick auf sich gerichtet, in einer Mischung aus Furcht und Haß. Mit einer trotzigen Geste wischte er sich das Blut aus dem Gesicht, das seine Augen verklebt hatte. Endgültig vorbei schienen die Zeiten, in denen der Jubel der Zuschauer nicht abreißen wollte, wenn er hier unten auf dem Spielfeld agierte. Jetzt konnte er nur noch Enttäuschung in ihren Augen lesen. Sie hatten aufgehört, ihn zu lieben. Die meisten mochten ihn jetzt hassen für sein Versagen. Daß der Tlacatecuhtli ihn haßte, davon war er überzeugt.

Er wischte die trüben Gedanken entschieden beiseite, seine Augen wanderten wieder hinüber zu Piltecatl. Einen kurzen Moment lang trafen sich ihre Blicke, las jeder des anderen Entschlossenheit in den verbissenen Mienen. Und doch, in jedem Blick lag auch ein bißchen Bewunderung für den anderen. Was für eine Welt, dachte Maxtla. Wären sie nicht in zwei verschiedenen, miteinander verfeindeten Städten geboren, sie wären mit Sicherheit Freunde geworden.

Doch jetzt wollte jeder den anderen sterben sehen.

In der Mitte des Spielfeldes, jeweils auf der anderen Seite der sie trennenden Linie, standen sie sich gegenüber. Für einen Augenblick vergaßen sie ihre Umgebung, das Publikum und die zornigen Augen des Tlacatecuhtli, alles um sie herum schien sich aufgelöst zu haben. Es existierten nur sie beide und der Kautschukball, auf dessen Einwurf sie warteten.

Als der Ball geflogen kam, war Maxtla schneller. Er rannte Piltecatl förmlich über den Haufen, drängte ihn ab und schleuderte die Kugel weit in die gegnerische Hälfte, dorthin, wo Tehuch stand. Der sah mit gebanntem Blick auf die Kautschukkugel, die auf ihn zugeflogen kam, ängstlich und unentschieden, wie er ihr am besten zu begegnen hatte, aber auf keinen Fall wollte er der Grund für eine Niederlage seiner Mannschaft sein. Es gelang ihm, die Kugel mit der Schulter zu Yacaro hinüberzuspielen, der sie im Sprunge in hohem Bogen zurück zu den Azteken schleuderte. Cozcaququhtli erwischte sie, konnte ihr aber nicht soviel Kraft geben, daß sie weit über die Mittellinie flog. Maxtla sah das und wollte sie abfangen, um sie auf eine freie Stelle zwischen den Gegnern zu lenken, doch diesmal kam ihm Piltecatl zuvor. Aber auch er erhaschte sie nicht so, wie er es vorgehabt hatte. Der Ball sprang senkrecht in die Höhe, genau über der Mittellinie. Maxtla und Piltecatl sprangen ihm gleichzeitig entgegen und fingen den Ball förmlich zwischen ihren Körpern. Der Azteke wollte seinen Gegner von sich stoßen, um frei zu sein, den Ball wegschleudern zu können. Doch in diesem Augenblick stürzte sich Xochipilli zwischen sie, riß die beiden Spieler auseinander und stieß den Ball nach vorn, wobei er strauchelte und hinschlug. In einer blitzartigen Drehung sprang Maxtla der Kautschukkugel hinterher, fing sie mit dem Oberarm kurz über dem Boden ab und warf sie ein Stück in die Höhe, um sie im Aufstehen nach drüben zu schleudern. Doch da stand Piltecatl schon vor ihm und stieß den Ball mit dem Brustkorb über Maxtla hinweg, kurz bevor er vom heranstürmenden Cuetzpalin umgerissen wurde, der das Unheil im letzten Moment noch abzuwenden gedachte. Maxtla entfuhr ein verzweifelter Schrei. Behend wie eine Wildkatze sprang er auf und sah dem Ball nach. Keiner der Azteken war in der Nähe, um rechtzeitig zur Stelle zu sein, er allein konnte das Blatt noch wenden.

Er hechtete sich nach vorn und rollte sich flach auf den Boden, um unter den Ball zu kommen, der auf seine Brust traf. Mit einem kraftvollen Aufbäumen gelang es ihm, ihn noch einmal in die Höhe zu schleudern, als ein anderer Körper sich auf ihn stürzte und beim Abfangen des Balles ihm die Knie in den Brustkorb stieß, daß er Blut spucken mußte. Es war Xochipilli.

Maxtla sah den Ball nur zwei Meter von sich entfernt in der Luft, dem Erdboden zustrebend, aber er konnte nicht schnell genug aufspringen, weil der Tolteke ihn behinderte. Er sah, wie Cozcaququhtli und Cuetzpalin von zwei verschiedenen Seiten herangestürzt kamen, wie der vierte Spieler, Mixcoatl, mit fassungslosem Gesicht weitab von ihm stand. Alles schien so langsam zu geschehen, als wäre die Zeit selbst beinahe stehengeblieben.

Mit einem Ruck stieß Maxtla den Tolteken von sich und riß sich vom Boden hoch, wobei er einen Schmerz verspürte, als würde ein Messer in seine Lungen fahren, und ein neuer Schwall Blutes aus seinem Mund geschossen kam. Cuetzpalin sprang jetzt dem Ball entgegen, nicht sehend, daß Maxtla ihn vielleicht noch erreichen konnte, und riß seinen Anführer wieder um.

Der Ball berührte den Boden.

Maxtla rappelte sich auf und sank, als hätte er erst jetzt begriffen, mit einem lauten Stöhnen sogleich wieder in sich zusammen.

Ahuitzotl wurde schwarz vor Augen, als er die Szene sah. Er schnellte von seinem Sitz, am ganzen Körper schlotternd, und verließ eiligst die Tribüne.

Unter den Zuschauern herrschte betretenes Schweigen. Nur draußen stimmten die Geknechteten ihr Siegesgeheul an, und Boten stürmten los zu den Königen der unterworfenen Städte, die unglaubliche Nachricht zu überbringen.

Tenochtitlán war geschlagen!

Wie in Trance taumelte Piltecatl über das Spielfeld. Jetzt erst begannen die unmenschlichen Schmerzen ihn zu quälen, jetzt erst gewahrte er das Blut, das sich aus den zahlreichen Wunden über seinen Körper ergoß. Er wandte den Kopf zurück zur Tribüne des Herrschers, er wollte Ahuitzotls enttäuschtes Gesicht sehen. Doch der Tlacatecuhtli war nicht mehr da. Moctezuma und die anderen Höflinge waren ihm gefolgt, nur der Herr von Texcoco saß noch auf seinem Sitz und lächelte dem Tlaxcalteken ermutigend zu. Lächelte ihm zu wie einem Freund, als wäre nicht Texcoco der treueste Bündnispartner von Tenochtitlán, als wäre nicht Tlaxcala ihr gemeinsamer Feind.

Piltecatls erschöpfte Beine wollten ihn nicht mehr tragen, der Prinz brach zusammen. Yacaro und Xochipilli eilten heran, um ihn zu stützen, obgleich selbst aufs äußerste geschwächt, während Tehuch nach einem Krug mit Wasser lief, um ihn zu erfrischen.

„Wir haben gesiegt!" hauchte der Prinz. Das Spiel schien plötzlich so weit von ihm abgerückt, als wäre es Jahrhunderte her, der Sieg schien ihm so nichtig.

„Wir sind Helden." bekräftigte Xochipilli. Und nach kurzem Zögern, mit leiser Stimme, fügte er hinzu: „Wie schade nur, daß Balam diesen Augenblick nicht mehr erleben kann."

Tlachtli war ein Spiel, das den Lauf der Gestirne symbolisierte. Der Ball war die Sonne; und so wie sie rastlos über das Firmament eilte, von Aufgang zu Untergang, so mußte er ruhelos durch die Luft fliegen. Fiel er zu Boden, dann war der ewige Kreislauf unterbrochen, und die Götter mußten besänftigt werden, mit dem Blute der Verlierer.

Als Maxtla und die Männer seiner Mannschaft auf dem großen *teocalli* von Tenochtitlán ihr Leben verloren, war Ahuitzotl nicht zugegen. Es war ein neuer Frevel, die Götter mit seiner Abwesenheit zu brüskieren. Aber er fühlte sich schwach und krank, vor allem wollte er nicht vor seinem Volke erscheinen müssen, gedemütigt wie er war.

Dafür kam von neuem der Regen. Sturmböen peitschten ihn durch die Gassen der Stadt und löschten die heiligen Feuer vor dem Tempel des Huitzilopochtli noch während der Opferzeremonie. Das Wasser wusch das frische Blut der Geopferten von den Altären und ließ es im Boden versickern.

In dieser Nacht brachen die Deiche. Wie schon vorher in Itzapalapan ergossen sich die aufgestauten Wassermassen als mächtige Flutwellen in die Straßen und rissen mit sich, was ihnen in den Weg kam. Eine wahre Wand aus Wasser rauschte die

Prachtstraße nach Tlatelolco hinab und begrub Tausende von überraschten Einwohnern unter ihren schäumenden Fluten. In den Stadtvierteln, die das Zentrum mit seinen steinernen Palästen und Tempeln umgaben und wo die Wohnungen fast ausschließlich aus Lehm errichtet waren, riß das Wasser ganze Häuserblocks nieder, verwüstete ganze Straßenzüge und schliff die Gebäude nieder bis auf die Grundmauern, alles fortreißend, was es darin überraschen konnte.

Als Ahuitzotl, geweckt durch das Tosen der Fluten, welche sich durch Türen und Fenster in seine Gemächer ergossen, sich vom Bett erhob, fand er sich völlig allein in seinem Palast. Sein ganzer Hofstaat war geflohen vor der Macht der Naturgewalten, keiner hatte ihm, dem Frevler, dem sie diese Katastrophe zu verdanken glaubten, Hilfe bringen wollen. Panisch vor Schrecken versuchte der Herr von Mexico, dem Verhängnis zu entkommen; halb schwimmend im steigenden Wasser, hin- und hergerissen von dessen Strömungen und Wirbeln, kämpfte er sich in völliger Dunkelheit, denn alle Fackeln waren erloschen, zwischen dem Chaos des umhertreibenden Hausrats zu einem Ausgang hin. Als er ihn endlich gefunden hatte, riß ihn das Wasser mit, das selbst die steinernen Mauern seiner Residenz erbeben ließ, und er stieß sich den Kopf am Sturz über der Tür. Besinnungslos versank Ahuitzotl im Wasser, starb der Mann, vor dem so viele Völker gezittert hatten.

Als am Morgen die Sonne wieder über den Horizont stieg, fand sie Tenochtitlán so schlimm verwüstet wie noch niemals zuvor in seiner Geschichte, fand sie das Volk der Azteken ohne einen König.

Was aber geschah mit jenen Helden, welche das *tlachtli* gewinnen konnten?

Tehuch fand wieder seinen Platz im Herzen Xochiquetzals. Seine Leistung beim Turnier ließ sie schnell den Hauptmann ihrer Palastwache vergessen und ihre Liebe zu dem kleinen Totonaken erneut entfachen. Sie holte ihn nach dem Spiel zu sich in den Palast, um ihn zu pflegen. Das Wasser der Flut fand sie beide in inniger Umarmung und tötete sie im Moment ihrer größten Glückseligkeit.

Xochipilli hielt an seinem Entschluß, sich opfern zu lassen, fest. Einige Zeit nach Ahuitzotls Tod bestieg der als Held gefeierte unter Gesang und Flötenspiel den großen *teocalli*. Als das Messer ihm in die Brust fuhr, verstarb der vielgeprüfte ohne einen Laut des

Schmerzes, mit einem seligen Lächeln im Gesicht.

Yacaro schloß sich einer Karawane aztekischer Kaufleute an und kehrte zurück in seine Heimat, wo er von den Seinen aufs herzlichste empfangen wurde. Er zeugte noch viele Kinder mit mehreren Frauen, die sich in den weitgereisten Helden verliebt hatten, und wurde sogar zum Vorsteher seines Dorfes gewählt. An schönen Abenden pflegte er, am Lagerfeuer sitzend, von der märchenhaften Stadt Tenochtitlán zu erzählen und von dem harten Kampf, den er dort auszufechten gehabt hatte. Ob die anderen seine phantastischen Geschichten auch glaubten oder ihn für einen Aufschneider hielten, ist uns nicht überliefert.

Piltecatl schließlich kehrte heim nach Tlaxcala, wo ihm ein triumphaler Empfang zuteil werden sollte. Seine Hoffnung, nach seinem Vater Fürst über die Stadt zu werden, erfüllte sich jedoch nicht. Xicotencatl sollte noch über hundert Jahre alt werden, bevor er starb. Piltecatl aber fiel schon wenig später in einem neuen Kampf mit seinen aztekischen Feinden.

Moctezuma wurde neuer Tlacatecuhtli von Tenochtitlán. Doch seine Regierungszeit wurde von unheildrohenden Vorzeichen überschattet. Er, der in seiner Jugend ein mutiger und erfolgreicher Krieger gewesen war, stellte sich ganz in den Dienst der Götter, denn eine furchtbare, namenlose Angst hatte von ihm Besitz ergriffen, ausgelöst durch die Gerüchte über die Ankunft weißer Götter im östlichen Meer und die bösen Omen, welche die Bevölkerung der Hauptstadt in Angst und Schrecken versetzte. Kometen, Feuersbrünste, Überschwemmungen und Mißgeburten schienen den Untergang des gegenwärtigen Weltzeitalters zu verkünden. Und über Mexico herrschte ein König, der seine Entschlußkraft eingebüßt hatte, sich in kleinliche Intrigen verstrickte, die sein Reich zu spalten drohten, und den die Angst vor dem unergründlichen Ratschluß der Götter lähmend gepackt hielt.

Siebzehn Jahre nach Ahuitzotls Tod neigte sich das Zeitalter der Fünften Sonne seinem Ende entgegen. An der karibischen Küste waren fremde Männer mit weißer Haut und vollen Bärten gelandet. Der Herrscher der Azteken glaubte in ihnen zunächst den wiedergekehrten Gott Quetzalcoatl und sein Gefolge zu erblicken, sah sich aber bald schmählich getäuscht. Hernán Cortés und seine Spanier waren gekommen, um die sagenhaften Goldschätze der

Azteken zu plündern und ihre Ländereien für den König im fernen Spanien zu erobern. Die Tlaxcalteken nahmen Rache an ihren Gegnern und halfen den Fremden bei der Ausführung ihrer finsteren Pläne. Von Tenochtitlán, der großartigsten Metropole, die die Welt bis dahin gesehen hatte, blieb nichts als ein rauchendes Trümmerfeld. Seine Paläste und Tempel fielen in Schutt und Asche, die Kultur seiner Erbauer wurde vom Erdboden getilgt. *Tlachtli*, das Ballspiel, wurde von den katholischen Priestern als heidnisches Ritual angesehen und war fortan verboten. *November 1997*

Zur Aussprache des Nahuatl

Da den Spaniern viele der von den Indianern benutzten Laute nicht geläufig waren und sie keine Entsprechung für sie in ihrem Schriftbild kannten, benutzten sie ihre herkömmlichen Buchstaben für deren Umschreibung. Heute wird die ursprüngliche spanische Schreibung in den meisten Fällen beibehalten, was dazu führt, daß viele Worte des Nahuatl, der Sprache der Azteken und ihrer chichimekischen Verwandten, anders gesprochen als geschrieben werden. Im folgenden seien die wichtigsten Ausspracheregeln zusammengefaßt.

c   vor Konsonanten, vor den Vokalen a, o, u und am Wortende
wie deutsches k, vor e und i wie stimmloses s.

ch   wie tsch in >Kutsche<.

e   am Wortende niemals mit dumpf abfallendem Klang wie im Deutschen, sondern rein wie in >René<.

h   immer stumm.

hui   wie deutsches wi (Huitzilopochtli = Witzilopotschtli).

ll   etwa wie lj (calpullec = calpuljec).

qu   wird immer wie k gesprochen (Quetzal = Ketzal).

x   gesprochen wie sch (Mexico = Meschiko; Xolotl = Scholotl; Tlaxcala = Tlaschkala).

y   vor und nach Vokal wie j, sonst wie i.

Zusammengeschriebene Vokale werden stets getrennt gesprochen, nicht wie deutsches au oder eu.

Worterklärungen

ahuacatl

Avocado.

Ahuitzotl

"Gespenstisches Wassertier", aztekischer Herrscher, Bruder des Axayacatl; regierte von 1᾿ bis 1502.

Anáhuac

"Land am Rande des Wassers", Bezeichnung fü das Hochtal von Mexico mit dem Texcoco-See.

Axayacatl

Aztekischer Herrscher von 1469 bis 1481, Brud des Ahuitzotl und Vater des Moctezuma; er besiegte seinen Rivalen Moquihuix von Tlatelol

Azcapotzalco

Stadt der Tepaneken, die Azteken waren nach d Gründung von Tenochtitlán ihr tributpflichtig; unter dem Aztekenherrscher Itzcoatl wurde sie erobert.

Azteken

Volksstamm der Chichimeken, Gründer von Tenochtitlán.

Aztlan

Urheimat der Azteken, die sie 1068 verließen, u᾿ südlich davon eine neue Heimat zu finden.

balam

Mayawort für Jaguar.

calpixqui

Aztekische Steuereintreiber in den unterworfene Städten.

calpullec

Vorsteher eines calpulli, einer der zwanzig Sippe von Tenochtitlán, die jeweils eigene Stadtviertel bewohnten, mit einem Sitz im Ältestenrat der Stadt.

Camaxtli

Kriegsgott von Tlaxcala.

Cempoala

Hauptstadt der Totonaken.

Chapultepec

"Berg der Heuschrecken" am Ufer des Texcoco Sees, wo sich die Azteken 1256 niederließen.

Chichimeca Tecuhtli   Titel des Königs von Texcoco.

Chichimeken   Sammelbezeichnung für mehrere mexicanische
Völker, die das Nahuatl sprachen und aus dem
Norden in das Hochtal von Mexico und dessen
Umgebung einwanderten.

chinampas   Schwimmende Gärten, gebaut aus Flechtwerk und
mit Erde gefüllt, mit denen Ackerland am See
gewonnen wurde.

chocolatl   Getränk aus Kakaobohnen, meist mit Vanille
gewürzt.

Cholula   Aztekische Stadt, ursprünglich gegründet von
Leuten aus Teotihuacán, mit der größten Pyramide
des Landes.

Cihuacoatl   Titel des Vizekönigs von Tenochtitlán.

coatepantli   "Schlangenmauer", welche den heiligen Bezirk um
die große Pyramide von Tenochtitlán umgibt.

Coatepec   "Schlangenberg", Zwischenstation auf der
Wanderung der Azteken nach Anáhuac.

Coatlicue   Vegetations- und Geburtsgöttin, Mutter des
Huitzilopochtli.

cocoton   Täubchen.

Cocoxtli   König von Colhuacán, der die Azteken 1325 in
Chapultepec ausrotten wollte, was sie zur Flucht
zwang.

Colhuacán   Stadt der Colhua, die als Nachkommen der
Tolteken gelten.

Coyolxauhqui   Aztekische Göttin, Tochter der Coatlicue und
Bruder des Huitzilopochtli.

cozcaququhtli   Geier.

142

cuauhpipiltin	Krieger, die zur Belohnung für ihre Taten in der Adel erhoben wurden. Sie unterteilten sich in de Fürstenorden, den Adlerorden und den Jaguarorden.
cuetzpalin	Eidechse.
Curicáveri	"Großer Brenner", Gott des Feuers und Oberhaupt der Götter bei den Tarasken (Michuaquí).
Drei-Städte-Bund	Unter König Itzcoatl nach der Eroberung von Azcapotzalco um 1430 gegründeter Bund der Städte Tenochtitlán, Texcoco und Tlacopan; die Azteken besaßen den militärischen Oberbefehl die größte Macht.
Edelsteinsaft	Aztekische Umschreibung für das Blut; das Her bezeichneten sie als Edelstein.
hamaca	Hängematte; das Wort stammt aus der Sprache Indianer der karibischen Inseln.
Huaxteken	Zweig des Mayavolkes nordwestlich von Anáhu auf einer primitiveren Organisationsstufe stehengeblieben und von den Azteken niemals unterworfen.
hueytlatoani	König.
Huitzilopochtli	Kriegsgott der Azteken und Oberhaupt ihres Pantheons, erschien oft in Gestalt des Kolibris.
Itzamná	Alter Gott der Maya, Schöpfer der Welt.
Itzcoatl	"Obsidianschlange", aztekischer König von 142 bis 1440, Sieger über Azcapotzalco und Mitbegründer des Drei-Städte-Bundes
Itzpapalotl	"Obsidianschmetterling", ein aztekischer Kriegsgott.

Kukulkán	Mayaname für Quetzalcoatl.
Mexica	Beiname der Azteken nach ihrem früheren Häuptling Mexitli, von ihm leitet sich der Name Mexico für ihr Land ab.
Mexitli	Sagenumwobener Urhäuptling der Azteken vor ihrer Wanderung.
Michuaquí	"Leute, die Fische haben", aztekischer Name für die Tarasken, ein Volk im heutigen mexicanischen Bundesstaat Michoacán in der Umgebung des Pátzcuaro-Sees.
Mictlan	Düstere Unterwelt der Azteken, die irgendwo im Osten lag, unter der Herrschaft des Götterpaares Mictlantecuhtli und Mictecaciuatl.
Mixcoatl	Wolkenschlange.
Moctezuma Xocoyotzin	Eigentlich Mo-teco-zoma, der "Zornige Herr", aztekischer Herrscher von 1502 bis 1520 und Sohn des Axayacatl; der Beiname Xocoyotzin bedeutet "der Jüngere", da sein Urgroßvater ebenfalls diesen Namen trug.
Nahuatl	Sprache der Chichimeken.
Netzahualcoyotl	Herrscher über Texcoco zur Zeit Itzcoatls, galt als größter Poet Mexicos.
Nopal	Feigenkaktus.
Notlazomahuizteopixcatatzin	Anrede des aztekischen Hohenpriesters, bedeutet "Ehrwürdiger Priester Gottes, den ich wie meinen Vater liebe."
Obsidian	Aztekisch itzli, vulkanisches Glasgestein von außergewöhnlicher Härte, welches den Mexicanern das Metall ersetzte. Aus der schwarzen Form wurden Messer und Waffen gefertigt; die wesentlich seltenere weiße Form blieb der Fertigung von Opfermessern vorbehalten.

octli	Pulque, Schnaps aus dem Saft der Agave.
olli	Kautschuk.
ozelotl	Jaguar.
ozomatli	Affe.
petlacalcatl	Aztekischer Provinzgouverneur und Statthalter den unterworfenen Städten.
pilli	Eigentlich Sohn, wurde zur Bezeichnung der Söhne von Adligen und Königen benutzt; späte nannte man auch eine niedere Adelsschicht so.
pochteca	Kaufleute.
Popocatépetl	Vulkan in der Nähe Tenochtitláns, mit 5452 Metern Höhe der zweithöchste Berg Mexicos.
Purepecha	Eigenbezeichnung der Tarasken (Michuaquí).
quaochpanme	"Glatzkopf", aztekische Bezeichnung für die Tarasken (Michuaquí) nach ihrer Sitte, sich den Kopf kahlzuscheren.
quauhtecatli	"Adlerleute", Bezeichnung für die geopferten Gefangenen.
Quetzal	Vogel mit etwa einem Meter langen, grün-roten Schanzfedern, heute nur noch in wenigen Gebie von Costa Rica und Guatemala. Aus den Feden stellten die Azteken Schmuck und Mäntel her, welche nur der Adel tragen durfte.
Quetzalcoatl	"Gefiederte Schlange", Gott der Tolteken, bei d Azteken als Windgott verehrt.
Rarámuri	Eigenbezeichnung der Tarahumara.
Sahagún, Fray Bernardino de	1499 bis 1590, Erzbischof von Mexico und

Verfasser einer der wichtigsten Chroniken über die vorspanische Zeit des Landes.

tamalli

Gefüllte Klöße aus Maismehl, heute noch als tamales in den Ländern Mittelamerikas verbreitet.

Tarahumara

Volk im mexicanischen Bundesstaat Sonora, Verwandte der Chichimeken, auf einer primitiven Kulturstufe.

techialoyani

Poststationen entlang der aztekischen Heerstraßen, in denen sich Wanderer und Boten erfrischen konnten und wo die Armeen und Würdenträger auf ihren Märschen verpflegt wurden.

tecpan

Palast, großes Herrenhaus.

tecuhtli

Hoher Adliger.

telpochcalli

Kriegerschule für die Jugend der Azteken.

Tenochtitlán

Die Hauptstadt der Azteken wurde 1325 nach der Flucht vor Cocoxtli auf einer Insel im Texcoco-See gegründet.

teocalli

"Haus Gottes", Tempelpyramide.

teopan

Heiliger Bezirk.

Teotihuacán

Um die Zeitenwende errichtete Stadt unweit von Tenochtitlán, größte Metropole des vorspanischen Mexico, um 750 von den einwandernden Chichimeken zerstört.

Tepaneken

Volk der Chichimeken, besaßen ein mächtiges Reich am Texcoco-See unter der Herrschaft von Azcapotzalco.

Tezcatlipoca

"Rauchender Spiegel", Gott der Nacht und des Winters.

Texcoco

Stadt der Acolhua, eines chichimekischen Volkes,

146

und Mitglied des Drei-Städte-Bundes.

tichcatl

Opferstein.

tlacateccatli

Offiziere aus adligen Familien.

Tlacatecuhtli

Titel des Königs von Tenochtitlán.

tlacaxipeualiztli

"Hautabziehen der Männer", Fest zu Ehren des Xipe Totec.

tlachtli

Ballspiel, das bei den Völkern Mexicos weit verbreitet war und als religiöse Zeremonie zelebriert wurde; als Erfinder gelten die Olmeke

Tlacopan

Stadt der Tepaneken, die sich nach der Niederla von Azcapotzalco auf die Seite der Azteken sch und dem Drei-Städte-Bund beitrat.

Tlaloc

Oberster Regen- und Vegetationsgott.

Tlatelolco

Von abtrünnigen Azteken 1338 auf einer ander Insel gegründete Stadt, wurde von Axayacatl unterworfen und mit Tenochtitlán vereinigt.

Tlaxcala

Stadt, die von chichimekischen Einwanderern u Otomís gegründet wurde und ständig im Krieg den Azteken lag.

Tollan

Hauptstadt der Tolteken, das heutige Tula.

Tolteken

Volk der Chichimeken, welches die Kultur von Teotihuacán übernahm und zum Lehrmeister d aztkischen Zivilisation wurde.

Tonatiuh

Aztekischer Name der Sonne.

Totonaken

Volk an der Ostküste Mexicos, dessen Hauptsta Cempoala war; von den Azteken unterworfen.

Tzintzuntzán

"Ort der Kolibris", Hauptstadt der Michuaquí.

tzompantli	Holzgerüst, an dem die Köpfe der Geopferten befestigt wurden.
Wurfbrett	Speerschleuder, aztekisch atl-atl genannt.
Xicotencatl	Einer der vier Fürsten von Tlaxcala bei der Ankunft der Spanier, zu dieser Zeit schon hundert Jahre alt.
xihuitl	Das Sonnenjahr von 365 Tagen.
Xipe Totec	"Unser großer Herr, der Geschundene", Frühlingsgott, Herr der Aussaat.
Xochipilli	"Blumenprinz", Name eines Frühlings- und Maisgottes.
Xochiquetzal	"Blumenfeder", Liebesgöttin der Azteken.
Xolotl	Hundsköpfiger Gott des Blitzes und des Todes, Schutzherr des Ballspiels.
Yaqui	Indianerstamm in Nordmexico.